U0952191

历史之城

徐前进 著

HISTORIC CITY

SJPC
上海三联书店

目录 / Contents

前言

k 先生将来会成为杰出的人性测量员，既可以用具体的方式表达人性，也可以用抽象的方式表达人性，还可以用魔幻的方式表达人性。小学三年级的时候，一个老师觉得他会成为前所未有的人性测量员，并为此向校长汇报，希望重点培养这个笑容里隐藏着深奥的孩子。校长什么也没有做，任凭他毕业后去了测量学校，学成后从事土地测量。无论什么时代，这都是一个卑微的工作。

有一天，k 先生收到了城堡的聘书，然后去应聘。他在城堡附近的小村子足足停留了半年多，既找不到进去的路，也没有离开的理由，只能稀里糊涂地等待。

在徒劳的等待中，k 先生感到自己日益混沌。他的因果关系已经断裂，有时候怀疑原因，有时候怀疑结果，有时候觉得城堡需要他，有时候觉得城堡排斥他。他本来有清晰的理性、优雅的情感、敏锐的判断力。来到小村子不久，他觉得自己变了。他在看、在听、在思考，但眼前的人、耳边的声音、心中的目的却变得模糊，而且越来越模糊。他不想陷入虚无，所以一次次走向城堡，却一次次被通向城堡的路欺骗，再次回到那个让他迷惑、让他失去自我的小村子。

k 先生并不知道自由自在的人不能进入城堡，也不知道怀着情感的人无法进入城堡。但他又不想离开，所以就在小村子里游荡，感受着情感一点点消失，理性一点点昏聩。他本来是自由自在的人，却日渐陷入目的主义的迷途，就像困在一个看不见的枷锁中。他知道自己的目的，也想接近这个目的，却被它排斥、挤压。这个枷锁在一点点收紧，他不能自由自在地呼吸、观看、思考。但出人意料的是，他开始享受这种被捆起来的感觉，就像一个受虐狂，看着鞭子扬起来，然后闭上眼睛，满怀期待地等着鞭子落下。

城堡向外散发着不可见的魔力，无所不在，无所不能，让时间扭曲，让空间变形。小村子里的一切几乎都被这种魔力彻底扰乱，所以 k 先生每天面对的都是失去时间意识和空间意识的人。他们或是刚刚被驱逐出城堡，或是渴望着进入城堡，或是已经被城堡的力量淹没，失去了情感，失去了因果关系，然后将刻薄当作深刻，将无所事事当作生命的终极意义，喜欢喋喋不休，喜欢指手画脚，喜欢无事生非，却不知道这样做到底是为了获得什么，还是为了失去什么。

在无边无际的等待中，k 先生觉得自己正在变成这样的人。他与小村子里的其他人看起来一样，但终究还是不同，因为他没有理由接受这样的命运。作为被城堡聘任的人，他不甘心在这里消失，变成虚无，所以一次次接近城堡。这是他抗争的方式，也是活下去的理由。

一直等到理性与情感完全分裂，或者说理性彻底压倒情感，k先生变成了纯粹的目的主义者，他才能进入城堡。如果他还想自由自在地活着，如果他还能感受到感受本身，他就无法进入城堡。这个道理是他后来发现的，即城堡是纯粹理性之城、情感虚无之城、目的主义之城。

在一个雪后的夜晚，k先生沿着那条反复诱惑他的路向前走。接近城堡时，他又看到了那段突然弯曲的路。城堡就在前面，那段路却会将他引向小村子。但这一次，他拒绝了路的方向，一直向前走。

黎明时刻，k先生站在城堡里，就像站在一个梦里，一个长长的梦。在他接到聘书的时候，这个梦就开始了，并会延续到他放弃测量培训部主事，离开城堡，回到布拉格的黄金巷为止，或者延续得更长久，直到他在布拉格见到流浪的城堡主事，然后一起吃烤土豆的那个时刻。

在一个高耸的塔楼里，k先生见到了城堡主事，并知道了受聘的原因。这是一种历史性的期待，为了现代主义的未来，为了理想主义的未来，或者根据城堡主事的吹嘘，是为了人类的未来。过去的一切已经被资本主义颠覆，未来的一切又会被机器改变，而现在处在过去和未来的夹缝中，就像一个瞻前顾后、畏首畏尾的孤儿，如何让这个孤儿活下来，而且活得很好？

城堡主事是乌托邦的信徒，但他不知道如何对待这个孤儿，所以觉得自己是一个迷茫的信徒。作为资本主义制度的受益者，他身处现实主义与理想主义之间，一次次分裂、弥合，反复不止。现实主义让他飞黄腾达，也让他有负罪感，但他又不确定理想主义是否会让他走向虚无，或者变成虚无。他害怕虚无，拒绝虚无，因为虚无往往是在毁灭之后出现的，作为毁灭的结果，或毁灭的注释。

在虚无感的刺激下，城堡主事散尽资财，建造了这座城堡。在向 k 先生说明自己的愿望时，他对于城堡既爱又恨，有时称之为目的之城，有时称之为制度之城，有时称之为虚无之城。这些都不重要，重要的是他想要建一个城堡，然后城堡建成了，他的理想也就有了一个起点。

城堡主事决定在城堡里驱逐情感，将纯粹理性看作通向未来的启示之光。没有人否认他的高尚与远见，他们好像都在帮助他实现这个愿望，但他觉得自己的理想越来越模糊。尽管如此，他又无法否认这些人都在帮助他，因为他们一定是认同他的理想，才进入城堡，服从城堡里的制度，压制情感、驱逐情感，变成纯粹的理性人。

会面之后，k 先生正式履职，作为测量培训部的普通培训员，负责解开城堡主事的迷惑：城堡里有良好的制度，它们能否让城堡变得更好，并成为人类前景的启示者？k 先生意识到这个任务十分困难，却不知道自己会因为秘密身份而迷失了自我，在人性的深渊里无限下沉，在那一刻变成虚无。他更不知道自己还会从虚无中复活，然后成为资本主义时代最杰出的人性测量员。

城堡主事十分认可 k 先生的工作，并委派他担任测量培训部主事。但 k 先生辞去了这个职务，带着睡眠研究所的那只狗离开了城堡。他回到了布拉格，之后好多年没有写东西，所以很多人都不知道他为什么是杰出的人性测量员，难道是因为沉默，因为穷酸，或是因为他经常坐在布拉格黄金巷的拐角处晒太阳?

k先生离开城堡两年后，城堡主事也离开了。他首先来布拉格拜访k先生，之后四处游荡，就像一个传说。k先生收到了他从各地寄来的素描，英国东印度公司的旧址、圣赫勒拿岛拿破仑的墓地、北京圆明园大水法的残迹……

一

骑制度的人

城堡附近的那个小村子实际上是城堡的附属地。k 先生在这里生活了半年多，他越来越觉得奇怪，自己本来是一个干净利落的人，言语简洁，逻辑清晰，判断准确，只要想解决一个问题，从来不会拖泥带水。但在这里，他完全变了，啰哩啰嗦，没有主见，仿佛失去了判断力，整天像梦游一样，与那群游手好闲、是非不分的人纠缠不清。

对于这个变化，k 先生觉得自己是有责任的，但他又觉得不完全是自己的责任，因为在内心深处，他并不想变成这个样子。相反，他厌恶毫无意义的纠缠，厌恶没有目的的目光，厌恶没有目的的话语，厌恶没有目的的行走，厌恶没有目的的睡觉……总之，他厌恶没有目的。他又觉得自己难辞其咎，因为他热爱目的，信仰目的，一旦失去目的就不知道怎么办，但他在小村子里没有发现目的，这里的人也没有目的。每当深夜醒来的时候，他也会想：如果自己不是如此地热爱目的，可能会很喜欢这个小村子。然而，他已经变成了这个样子，所以不再为此纠结。

k 先生不知道自己还能不能回到从前，但他觉得应该想个办法。傍晚时分，在小村子酒店的前厅里，他与两个助手告别。自从上一次他们去城堡为他递交工作计划之后，他们变得更像了，尤其是说话的方式。如果闭上眼睛，他几乎无法区分一句话是谁说的，或者是同时说的，因为他们的音调已经变得一样。他们说已经将工作计划放在一个他们说不清的地方，却没有带回任何确切的消息。k 先生没有抱怨的理由，因为他已经熟悉这群人的性格。他们就是这样活着，没有原因，没有结果，没有目的，也没有动机。

尽管如此，看到两个助手变得如此相似，k 先生还是觉得有些不可思议。在疑惑中，他看着他们消失在昏暗的夜色里，不知道他们会去哪里。他也从来不知道他们来自哪里，每天都是如此，不知不觉地出现，有时候一扭头就会看到他们，或者一睁开眼睛就能看到他们，但他们转而又会消失，同样无声无息。

每当他们突然出现，站在自己面前的时候，k 先生似乎觉得他们不像人，没有热情，也没有温暖，就像两个一模一样的符号，被一个或几个隐秘的目的支配着。每次见到他们，他都觉得有些无助，不知道他们为什么来，也不知道他们什么时候消失。与这个小村子的其他人见面时，他也会有这种感觉，日复一日，他不再觉得自己是一个应该受到尊敬的土地测量员。在这些人面前，他觉得自己失去了思考的力量，甚至觉得自己的人性在消失，至少消失了一部分，然后慢慢变成了一个像他们一样的符号，既清晰，又模糊。

k 先生站在风灯微弱的光线里，在彻底变成一个没有区别的符号之前，他决定进行一次彻底的反抗。这天晚上，他要独自一人去城堡周围看看。他已经去了好多次，但都是在白天，有两次是在傍晚，但没有一次是在深夜。他每次都会被通往城堡的路欺骗，而且是心甘情愿地接受欺骗。他沿着那条路往前走，确信一定能到达城堡，那条路却在城堡附近莫名其妙地转向。有时候，他觉得那条路就像有了生命一样，用变幻莫测的戏法迷惑他。这一次，他决定不再相信路的方向，他要一直往前走，哪怕前面是深渊、沼泽、泥潭，也要一直往前走。他不知道这样能不能进入城堡，但试一试总是可以的。

当所有人都睡去的时候，k 先生静悄悄地离开酒店，静悄悄地走在石块路上，临街的门都关闭了，临街的窗户里没有一点光。他经过那个曾经拒绝过他的农民家的房子，窗户拉着粗布帘子，没有一点儿声息。他一路向前，确信两个助手不会出现，尽管他不知道他们去哪里睡觉，但他知道他们应该在天亮时才会出现。

周围的房子越来越少，k 先生走得越来越快，不再担心踢到石头，弄出声响。他向城堡的方向望去，最高的塔楼顶上亮着一盏灯。那盏灯应该很亮，从这里看却很微弱，迷迷蒙蒙，在深夜的薄雾里似真似幻。他加快了脚步，越来越快，像是奔跑。自从来到小村子后，他几乎不再奔跑，每天拖着沉重的身体，而且觉得身体越来越重，身上像背着一块看不见、却扔不掉的石头，要将他的力气耗尽。而现在，他飞快地跑起来了，跑得越来越快，希望用身体的力量唤醒即将消失的人性。很快，他感到自己的心在怦怦跳，身体变得温暖。

这是对于静止、虚无、堕落或下沉的反抗。当 k 先生因为反抗而变得清晰时，一种出乎意料的情况出现了。他突然觉得周围的一切让他难以忍受。这种感觉以前出现过，但每次他都会屈服，像尊重一个低三下四的人一样尊重这种感觉，这种感觉又像那个低三下四的人一样反过来轻视他、压迫他，让他窒息。这一次，他不想再屈服，所以彻底甩开肩膀，迈出最大的步子，沿着这条路向前飞奔，穿越薄雾，像一个渴望自由自在的精灵一样向前飞奔。

k 先生很快跑到了那个弯道。以前，他会顺着弯道返回，经过农民的房子，然后回到酒店。而这一次，他要面向城堡，忽视弯道，一直向前。他离开了泥土路，走入荒草丛里，一脚深一脚浅，一脚湿一脚干……他不知道跑了多久，也不知道是向南跑，还是向西跑，因为他失去了方向感，也失去了空间感。有时候，他觉得脚下的地很厚，有时候觉得脚下的地很薄，有时候觉得眼前是天边，有时候觉得眼前是深渊。

k 先生实在跑不动了，就坐在草丛里，靠着一棵树休息。城堡仍旧在他前面，仿佛近了一些，清晰了一些。这让他瞬间充满了希望，又让他有些不知所措，因为城堡的轮廓仍旧是模糊的，飘忽不定，像滴在纸上的水一样四处蔓延，几乎每时每刻都是如此。在小村子的时候，城堡好多次进入了他的梦里，在梦里也是这样，无论他朝哪个方向走，或者走多久，城堡看起来很近，又很远。有时候，他不想看到它，希望将它从梦里赶走，然而城堡每次消失的时候，他都会因为呼吸困难而惊醒。他恍惚地坐起来，不相信这是真的，却不得不接受这是真的。这是一个求而不得的梦。

k 先生闭上眼睛，靠着树休息，再次感到了屈服的愿望。这个愿望像虫子一样，在他的心里钻来钻去。每当这个愿望变成虫子，他就觉得没有反抗的能力。而这一次，他觉得即使屈服，也要不同于以前的屈服，一定要在彻底失败后再考虑是否要屈服。所以，他应该继续向前，即使跑不动了，还可以走，即使走不动了，还可以爬。总之，他想体会彻底失败的感觉，怀着希望，毫不妥协，然后接受一切。

k 先生又站了起来，面向城堡，一路向前。城堡依旧在那里，迷迷蒙蒙，不近也不远。屈服的愿望再次复活，在他的心里不断变大，像虫子一样蠕动着。他不得不放慢脚步，最后又不得不蹲下来，坐在地上。他感到衣服已经被雾气湿透，头发上滴着水，流进他的眼睛里。这里的一切要将他淹没，但他不想回去。他知道必须维持生命的尊严，但忽然觉得像那些人一样啰哩啰嗦、喋喋不休、无所事事，也是可以接受的。

k 先生坐在草丛里，面对着城堡，整理湿漉漉的头发。他觉得自己太累了，手脚冰冷，眼睛变得模糊。一阵昏睡袭来，他觉得无力阻挡，也就不再拒绝屈服。刚要沉睡的时候，他听到了一个声音，“沙……沙……沙……”不快也不慢。他不知道这是什么发出的声音，但他确定这个声音在向他靠近。

k 先生睁开眼睛，向着声音传来的方向看去。那是一个人的影子，一个老人的影子，穿过迷雾，向他走来。他的背有些驼，所以是低着头向他走来。他的脚踩在荒草丛里，一脚深一脚浅，身体有些摇晃。在城堡的映衬下，这个影子由小变大，从模糊到清晰，最初比城堡模糊，就像一团不成形的烟雾，然后变得比城堡清晰，一步一步向 k 先生走来。

老人看到k先生的时候有些吃惊，但很快变得坦然，就像见到了一个老朋友。他停下脚步，背着手，安静地看着k先生从混沌中醒过来，然后陷入惊奇：

“没必要吃惊，也没必要喜悦。我知道我会遇见你，即使不是你，也会遇到一个像你一样的人。我到底会遇到哪个人，这并不重要，因为几乎所有人都是一样的，当然除了年龄之外。”

k先生惊奇地看着他，但又觉得没有惊奇的理由，因为老人说得没错，这里的所有人几乎都一样。k先生慢慢恢复了平静，然后抬起头看着他，就像看着小村子里的人一样，怀着希望，但也不拒绝失望：

“我们以前见过吗？您知道我来自哪里，要去哪里吗？”

“我知道，我以前也像你一样，在你身后的那条路上多次往返，但又总是不甘心，因为我希望进入城堡，进入那个谜一样的世界。有一次，我离开了那条路，在转弯处没有转弯，然后在这片漫无边际的草丛里往前走，也像你一样，在半路上被劳累俘获，坐在这里昏睡，慢慢地屈服。但在昏睡中，我像你一样遇到了一个从城堡里走出来的人，几乎像我一样年龄的老人。”

刚才，k先生还陷在昏睡与惊奇的夹缝里，而在此刻，他已经彻底清醒，然后感到了无与伦比的惊奇，因为这个陌生人似乎了解自己的一切。

“我理解你的心情，就像我以前一样惊奇，反复地惊奇。但这是片刻的惊奇，因为我很快就会告诉你一些真相，就像我遇到的那个人告诉我真相一样，我会告诉你这些真相，毫无保留。”

老人向前走了几步，与k先生面对面：

"你一定知道小村子里的酒店，但你不知道酒店还有一个地下室，那里将是我的归宿。此前，我在这里遇到的那个老人，他也去了那个地下室，在那里了却余生。像我这样的人，走到这个境地，最后要在深夜赶路，在黎明前到达，所以几乎没有人会看见我。如果你没有被纯真的勇气激励着去发现真相，我想你一定不会遇到我，就像我不会遇到那个老人一样。"

在清晨到来前的时刻，雾气越来越重，城堡的影子更加模糊，城堡塔楼上的灯也不见了。老人站在 k 先生面前，直了直腰：

"你看我都是行将就木的人了，却对这个世界没有一丝留恋，也没有一丝恐惧。我不知道是什么力量让我忘记了名利，忘记了生死。最后的命运屡次在我面前显现，就像一个已经完全解开的谜，有时候从树上掉下来，有时候从土里长出来，有时候从别人的话里钻出来……对我而言，这个世界上的一切都不再重要，但有一点对你是重要的。你想进入城堡，但总是找不到路。我想你一定收到了一些类似于聘任书、邀请函之类的东西，但那不是进入城堡的前提，那仅仅是个诱惑，让人迷失的诱惑。"

k 先生从身上找到了聘任书，然后展开，给那个老人看：

"我的确想进入城堡，为此还向很多人打听，向很多人求助，但我仿佛来到了一个缺少原因的无果之地。为了进入城堡，我奔波劳碌，却总是失败，我感到心中作为人的东西在一点点消失。我还能说话，也会像人一样活动自己的身体，但我觉得自己在慢慢消失。在太阳下，我看着自己的影子，那的确是一个人的影子，但我觉得自己不再像个人。有时候，我会陷入幻觉，看着那个影子离开我。一个人站在太阳下，竟然看不到自己的影子，您能想象到那是怎样的惊奇？只有在吃饭的时候，我用力咀嚼着食物，食物的味道才让我觉得自己像个人，但那种感觉也在减弱。”

“哈哈哈，我们之间只有一面之缘，以前不认识，以后也不会再见。在这个短暂的时刻，我想我应该告诉你一切。我刚刚离开城堡，所以意识还是清醒的，有明确的因果逻辑。但在这里，城堡的魔力很快就会让我变得糊涂，失去时间感，失去空间感，无法分辨原因与结果。在错乱的命运淹没我之前，我应该对你说明我知道的一切。”

老人转过身，指着城堡所在的位置：

“那是一座历史之城。你不要误会，不要觉得那是历史学家的城市，或像博物馆一样的建筑。我所说的‘历史’是一个无限的时间概念，包括过去、现在，也包括未来，所以里面的人说这是一个时间之城，或永恒之城。当然，永恒之城这个说法有些勉强，但它的确寄托了人类最高的愿望。在最远的未来，在人类面临深刻危机的时刻，它像一个启示，让这个时代的人顿悟，然后穿越未来的危机，走向永恒。我已经在城堡里好多年，以前我在这里遇到的老人也在城堡里好多年，但我们都被驱逐了，所以是失败者。但我们并没有因此而毁灭，因为我们对于自己还是认同的，我们觉得自己是人，而不是植物或动物。既然我们觉得自己是人，就会表现出人的特点。我想你在深夜独自一人走到这里，一定还保持着人的特点，对人的特点一定不陌生，也就是在善恶之间忽左忽右。我就是如此。进入城堡之后，我的人性没有完全消失，我能感觉到它藏在内心的一个角落。善与恶的对峙出现时，我会诉诸人性的古老方式解决问题，像一个会变形的精灵一样，在是非之间、黑白之间穿梭，最后变成了一个骑制度的人，就像我之前遇到的那个人一样。”

说到这里，老人活动了一下僵老的身体，用力抬起手臂，转动腰身，然后深深地呼吸了几次：

“请原谅我的举动，我用这种方式保持清醒，赶走混沌。我想你在小村子的时候，一定感受到很多让你惊奇的事，例如时间错乱、空间错乱、理性错乱、情感错乱、语言错乱、行为错乱。你一定说了很多话，却不知道说了什么；你一定做了很多事，却不知道为什么做；你一定见到了很多人，却不知道他们为什么出现。现在，我的脑袋还是清醒的，但很快会失去正常的意识，陷入错乱，就像小村子里的人一样。我想你可能并不知道这是为什么。小村子是历史之城的流放地，很多人都是被历史之城流放到那里的。有些人还记得自己被流放的经历，有些人已经完全忘了这段经历。因为这个流放之地又是失忆之地，几乎没有记忆能完整地存在，一切都是断裂的、破碎的，有原因的没有结果，有结果的没有原因，男女之间有身体上的差异，但不再有心理上的差异，爱情之火已经完全熄灭，人伦道德也完全熄灭。城堡里有一个专门负责这片失忆之地的机构，他们认为失忆是对这群人的惩罚，错乱是他们最终的归宿。但我不觉得这个机构有这样的力量，我觉得这是城堡的力量。对于这一点，你可能已经有所体会，城堡远远地立在那里，既有强大的吸引力，又有强大的排斥力，以至于将小村子的时间秩序、空间秩序和心理秩序完全打乱。太阳每天升起又落下，但在小村子里生活的人似乎看不见太阳，也没有四季之分，他们吃得很好，却失去了方向，既包括空间意义的方向，也包括思想意义的方向，也就是失去了愿望。”

k先生似乎有所悟。他已经在这个流放之地生活了半年多，越来越觉得自己的理性和情感陷入混沌，分不清原因和结果，爱与恨的边界也开始模糊，但他知道自己还没有完全混沌，所以知道老人的话有道理。他甚至佩服老人的见识，因为在小村子里，他从来没有遇到这样的人，听过这样的话。但他转而又陷入了迷惑：一个如此深奥的人，为什么被流放，最后要在酒店的地下室里度过余生？他不能说这是凄惨的余生，但他知道没有人愿意在昏暗的地下度过余生。

老人看着k先生的眼睛，当然知道他的迷惑。在k先生沉思的时候，老人拍了拍他的肩膀：

“年轻人，我感到昏聩正在一点点将我包围，而我也在一点点屈服，没有什么能够阻止。当得知被流放的消息后，我看到最后的命运在我面前展开，像一朵没有授粉、又即将枯萎的花。在错乱的时间、愚蠢的理性侵蚀我之前，我不会对你隐瞒。我知道你在想什么，就像很多年前我看着那个老人一样迷惑。我之所以被流放，是因为我是一个骑制度的人。我熟悉城堡里的所有制度，而且愿意为之奉献一切，有时候殚精竭虑、疲惫不堪。这是我的一个面貌，我还有另一个面貌。我会利用这些制度，满足人性的要求，哪怕这些要求是黑暗的，我也能将它们照亮。这是一个非常隐秘的面貌，即使被人发现，他们也毫无办法，因为我会对他们说我是在保卫制度。迫于无奈，他们给我起了一个外号：‘骑制度的人’。在复杂的制度中，我总能如鱼得水，尽情地满足我的人性。但你要知道，所有进入城堡的人，都有一个愿望：拒绝现实主义，实践理想主义。进入城堡之初，我是一个热烈的理想主义者。为了思考人类的命运，我几乎完全熄灭了心中所有的现实主义。为了改善人类的前途，我愿意遵守城堡里的所有制度。很快，我被誉为‘制度之友’。当我成为‘制度之友’时，现实主义在我的心里复活了，而且很快压倒了理想主义。最不可饶恕的是，我用理想主义掩盖现实主义，然后用现实主义颠覆了理想主义。之后，我获得了一种能力，一种让我沉迷、也让我灭亡的能力。任何制度在我面前出现时，我都能让它变形。有时候，我让它变成分配的秤，谁认同我谁就得的多，那些不认同我的就得赔上尊严；有时候，我让它变成开会的桌子，所有人都为我的观点欢呼；有时候，我让它变成打人的棍子，我舞着棍子，在风中呼呼响，甩下迷惑人的火光。这个问题足以威胁到城堡的根基，让城堡里的人相互怀疑，相互轻视，很难相互信任。我却沉迷于其中，忘乎所以。我高估了自己的力量，也轻视了制度的力量。昨天晚上，我在大街上走，突然被恶的捕手叫住，然后被驱逐。对于这个结果，我没有任何反驳的愿望，因为我没有任何反驳的理由。”

说到这里，老人用力拍了拍头，拍的力量非常大，像是悔恨，或是内疚：

“十分抱歉，我只能用这种方式保持清醒。你知道理想主义与现实主义的根本区别是什么吗？是人性的底线，现实主义者的底线很低，确切地说是在地下，甚至在地狱里，而理想主义者的底线是在地上，至少不会低于心的位置。一个人信仰现实主义，这并没有错，但如果他用理想主义掩盖现实主义，那就错了。人的一生很漫长，很多事情不可捉摸，但像我一样命运翻转，这叫自食其果，因为我用理想主义掩盖现实主义，又用现实主义颠覆理想主义。年轻人，这是我最后的话，我感到自己几乎要彻底混乱。你可能还不知道自己为什么千辛万苦也无法进入城堡，所以我最后给你一些提醒。保持人性，就无法进入城堡，心里有温暖的情感，也无法进入城堡，怀着自由自在的愿望，更无法进入城堡。一旦进入城堡，你就无法保持原来的人性，你的情感会被驱逐，因为城堡是一个纯粹理性的世界，一个制度无处不在的世界，有的地方极为真实，有的地方极为魔幻，比梦还要魔幻。在城堡里，有的人会变得无比纯真，有的人会变得无比愚蠢，虽然他们觉得自己是真诚的，却不知道最后的审判会悄然而至。”

老人再次停下来，深呼吸了三次，之后又用力拍头，力量很大，好像那个头不是自己的一样：

“年轻人，城堡的力量即将把我吞没，可是只有在这个时刻，我才意识到一个道理：骑制度的人实际上是骑着人的人。但你能说我是坏人吗？那你就太天真了。来城堡之前，我是有名的慈善家，捐款建了九所学校，其中两所专门收养孤儿。每当有时间，我会去孤儿院看望这些无辜却受累的生命，我希望他们平安地活下去，如果有可能再快乐一点。在成为慈善家之前，我穷困了很多年，即使如此，我也救过很多人。其中有一对流浪的母女，我给她们吃的，让她们活下来。我还帮助一个年轻人逃脱执法队的追击，他并没有做坏事，却受到诬陷。所以，你不能用善与恶的规则评判我，我已经超越了这个规则，就像我超越了城堡里的制度一样。如果非要评判我，你可以说我是一个人性的艺术家。这是我对自己最终的评价。但这个时代的很多人，包括那些高深的思想家，他们仍然沉浸于一些抽象的规则里，对于公平、正义充满了希望。以后的人可能还会这样想，而且用越来越深奥的逻辑证明他们对于公平、正义的希望是符合历史理性的。然而，他们可能会遇到一些百思不得其解的问题，因为他们忽视了像我一样骑制度的人。在我的印象里，巴尔扎克和卡夫卡已经突破了这种规则的迷惑。我尤其记得卡夫卡，他很深刻，又很胆怯，却从来不天真，独自一人背负着被现代主义搅乱的一切，在行将没落的奥匈帝国卑微又高傲地活着。”

说完之后，老人转身而去。k 先生还想挽留，至少说句再见，但老人不再理会周围的一切，扭头就走。在薄雾中，他的影子一点点模糊，一点点消失，奔向最后的命运。k 先生不确定他们以后是否还能再见，但他知道即使再见，他们已经不再是这个时刻的样子。

k 先生进入城堡的时候，天还没有亮。他站在一条大街上，对于自己的变化是惊奇的。他知道这个变化的每个表现，从混沌变得清晰，从虚拟变得具体。他感受到了自己的存在，那是一种清晰和具体的存在。他感受到了身体的每个关节，每根头发在黎明前的昏暗中如何飘动，也感受到了心中的每个起伏，每个起伏都是完整的，有开始，也有结束，有原因，也有结果。

而在这个时刻之前，一切都是模糊的。k 先生不知道自己是如何进来的，因为在进入城堡的路上，他是混沌的，几乎完全失去了时间意识和空间意识。他模糊记得经过了一个大门，大门两边各有一个护卫。他们看着他，好像问了好多问题，例如你是谁，从哪里来，到哪里去？他一脸茫然地看着他们，有些恐惧，担心进城之路就此终结。但出乎意料的是，护卫对他的反应是满意的，他们又问了他几个问题，例如你的爱与恨已经消失了吗？你的手指是不是已经不再听命于自己的愿望？你想过自己不再是一个人，而是一个制度的符号？你愿意放弃所有幻想和抽象，在一个具体的世界里具体地活着吗？

两个护卫站立的地方是城堡之内与城堡之外的边界。站在这里的时候，k 先生已经感到了一些变化。他的内心还没有完全被纯粹理性占据，但他觉得自己正在从混沌变得清晰。当他听到这些问题的时候，他选择了肯定的回答。他还记得老人的话，要进入城堡，就要放弃自由自在的追求，任凭理性驱逐情感。之后，k 先生记得两个护卫为他打开了门，然后齐声对他说："欢迎来到历史之城。"

k 先生走过这扇门，迎面就是这条大街，很直、很宽、很长，看不到尽头，但一切都是清晰的、明确的、具体的。他沿着街道慢慢向前走，瞬间觉得自己的理性已经恢复。这是一种全新的理性，与原来的样子极为不同。以前，他是一个极为理性的人，但这种理性的附近总是有情感，所以他会有理由地热爱，有理由地厌恶，有理由地付出。而现在，他觉得自己的理性被一群目的包围着。所以，他感到了一种前所未有的冷静与清晰，却无法感到自己的体温。这些目的让他说话，让他走路，让他奔忙，哪怕他已经疲惫不堪，但没有一个目的会让他休息。他厌恶这些目的，却不能说出来。他的心里还有情感，卑微地隐藏在一个角落，而且已经与理性分裂。这是一种被迫的分裂，或是被掩盖起来的分裂，因为他记得那个老人的话，所以努力地让自己看起来只有理性，没有情感。

k 先生沿着这条大街向前走。尽管一切都是清晰的、明确的、具体的，但他仿佛有些迷惑，一种无以言表的迷惑，只有他自己知道。从他身边经过的人对他视而不见，或者将他看作一个可有可无的符号，所以他觉得只有自己是迷惑的。

这种迷惑并非无中生有，k 先生必须要面对，就像之前要面对小村子里的混沌一样。他感受到了城堡的巨大力量，就像黑洞一样，让附近的空间变形，让附近的时间弯曲，所以在城堡外的小村子生活的人失去了时间意识，失去了空间意识，失去了所有目的，最后失去了自我，就像一个个游荡的魂魄，无所事事，喋喋不休，沉浸在混沌中，变成一个个可有可无的符号，虚无地存在着。

k 先生对于那段经历印象深刻。在小村子时，他已经失去了时间意识，但没有完全失去空间意识，因为他一直觉得自己是个外乡人，与那群人格格不入，也就没有失去所有目的。他为此陷入过迷惑，一种源于空间变形的迷惑。当时间与空间分裂后，时间消失不见，剩下绝对的空间。这种空间会无限变大，四处蔓延，无处不在，就像一层不透气的布，将他蒙起来。这是一种让人窒息的拥堵，对于有人性的人而言，就像末日审判后被驱逐到地狱一样，但对于没有人性的人而言，这反而是一种存在的感觉，哪怕在地狱里也是活着的。

这条街道附近的一切都是清晰的、明确的、具体的，但 k 先生觉得自己进入了神秘，因为他从来没有见过一个无限清晰、无限明确、无限具体的世界。街边的草地十分平整，像是一个几何平面。他走进草地，差一点尖叫起来，因为每棵草几乎一模一样，一样高，一样绿，一样多的叶子，每棵草的每片叶子有相似的方向，例如第一片叶子向北，第二片叶子向西，第三片叶子向南，第四片叶子向东。草地中间有一些树，树的形状同样让他惊奇，一样的形状，一样的枝子……

在惊奇中，k 先生走入一片巨大的建筑群，看起来像是居住区，一样的入口，一样的窗户，一样的墙壁，一样的颜色。他猜测这些建筑里面可能有一样的楼梯，一样的厨房，一样的卧室，一样的凳子，一样的床。一个又一个人推门而出，推门的姿势几乎一样，右手握紧把手，用力拉开，向前迈出左脚，再迈出右脚，转过身，用左手将门关上，手臂弯曲的角度也几乎一样。他一动不动地看着这些人向他走来，从他身边经过，又向不同的目的走去。

这是一个符合目的的世界，没有模糊，没有神秘，没有过去，也没有未来。每个人都在街上匆匆而行，像是被明确的目的牵引着。他们的面容看起来几乎一样，动作也几乎一样，左脚刚落地，右脚敏捷地抬起来，低着头奔向一个预想的目的，看起来没有任何目的之外的愿望。

k 先生看着一群男人、女人从自己面前匆匆而过，好像悟到了一个道理：他们不再有男女之别。这个判断吓了他一跳，怎么会没有男女之别呢？他再次观察这些匆匆而行的人，一样的表情，一样的衣服，一样的动作，一样的眼神。他不再怀疑自己的判断，他们的确没有男女之别。他们之间相互熟悉，而且看起来极为熟悉，所以不再有问候的必要。然而，他们似乎又相互陌生，就像一种宿命论决定的永恒的陌生，所以相互视而不见，完全没有相互问候的可能。

k 先生很快从惊奇中恢复，变得沉静，像经过他身边的每个人一样沉静。他跟随着一个年轻人，从这条大街转入一条小巷子。这条小巷子像有魔力一样，吸引着不同方向的人群，有男有女。他们脚步匆匆，进入一个巨大的车间，里面传来深沉的、有节奏的轰鸣。那是一个织布厂，巨大的空间里整齐分布着五排织布机，一眼望不到头。他们首先进入更衣室，脱掉外衣，穿上一模一样的白色外套、白色帽子、白色棉布鞋，戴上一样的白色口罩，只剩下两只眼睛。看到他们的眼睛之后，k 先生最终看出了男女之别：女人的眼睛更有精神，也更灵动，里面有一种原始的温暖；男人的眼睛要呆滞一些，但更坚定，如果仔细观察，坚定中还有一种隐秘的急切。

女人走向各自的织布机，从上一班的人手里接过剪刀，然后注视着上下起伏的织线板。男人们找到了各自的工具，例如工具箱或两轮推车，检查织布机的螺丝、轴承，或将棉花运到织布机旁边，又将织好的布运到车间出口。替换下来的男人和女人进入更衣室，换下工作服，摘下口罩和帽子，露出人的面容，几乎一样的面容，依次从 k 先生身边经过，就像经过一个可有可无的符号。

k 先生沿着两排织布机之间的通道向前走，巨大的声音将他包围，但他仍然能从挤压性的声音里感受到棉花的味道。那是一种清淡、迷蒙的香味，让他想起小时候母亲为他缝的被子。不过，他很快意识到不能让温暖的回忆改变自己的眼神，改变自己的表情。他之所以能进入城堡，要得益于那个老人的言传身教，而不是他真正地让情感消失不见。他还有情感，隐藏在心里的一个地方，被包裹着、压抑着，所以他要杜绝一切能够唤醒情感的想法。

不知走了多远，k 先生离开了这个车间，然后站在门外，转身看着里面忙碌的人。在这个时刻，他仿佛看到了具体的时间、具体的空间和具体的人。在这里，时间不知道被什么东西切成了无数的片段，每个人都拥有几个片段。这些片段是他们存在的意义，但他们又无法享有完整的存在感。他们可能希望将这些片段连起来，成为一个整体，但这个目的很快会消失，因为这些时间片段之间根本没有关系。这里的空间也是破碎的，变成无数的角落，相互之间没有联系。他们能做的仅仅是在这些破碎的时间片段和空间角落里实践自己的目的，这个目的与自己有什么联系，他们并不确定，但他们知道自己在具体地活着。这是一种不需要联系的具体，不需要回应的具体，不需要思考的具体。这种具体一定会通向一个最终的结果，但他们好像并不关心这个结果，因为他们从来不知道原因。

k 先生看到了一群年轻的生命，他们比他年轻，比他有活力，但又与他不同。他们健全地活着，但他们的生命好像被分成了不同的片段，每个片段服从不同的目的，每个目的有明确的时间和空间边界。这是一种几乎无法跨越的边界，他们在同一时间来这里工作，又在同一时间被下一班人替换。他们用眼睛的余光看着一个个从身边经过的人，他们想要冲破边界，却被边界阻拦，只剩下一个孤独的自己。

k 先生站在清晨的薄雾里，看着这一切，好像猜到了城堡里的生活。一切都被隐而不见的目的包裹着，就像一个巨大无比的篮子将一堆水果、粮食、蔬菜装起来，它们本来没有关系，但当它们被放在这个篮子里，它们就有了关系，但这种关系看起来那么勉强，那么脆弱，可以忽视，可以遗忘，可以敷衍，也可以视而不见。

这是一个没有区别的世界。所有的建筑看起来都一样，包括外墙、窗户、门，建筑周围的树也一样，一样的种类，一样的树干，一样的叶子。k 先生有些分不清方向，即使太阳从东方升起，他知道哪里是东方，却不愿意接受这个事实，他觉得那里更可能是南方，因为这样想会让他舒服一些。有时候，他又觉得那里应该是北方，这样想会让他更舒服一些。他在这片具体的空间里向前走，向左走，向右走。他想了解这里的一切，却无从下手，因为一切几乎都是相同的。

尽管如此，k 先生觉得应该承认一个事实，即分不清方向让他感到压抑。这是一种铺天盖地的压抑，无法逃避，只能忽视。他不想看天，不想看地，也不想看那些让他想起迷失方向的一切。然而，忽视并不意味着忘记，一种更深层的压抑出现了，自内向外，又自外向内，他觉得再也无法逃避。此前，他压制了自己的情感，相信自己是理性的精灵。而现在，他失去了方向感，所以觉得自己不再是理性的精灵。但自己究竟是什么，他并不知道。

这种压抑感像一个背在身上的包袱，越来越沉重，虽然没有什么用，但 k 先生必须背着，哪怕瘫倒在地，也不能解下来。所以，他就背着这个包袱，从一个巨大的房子走向另一个巨大的房子，除了身体越来越累之外，他没有感到这里的一切有什么不同。

他慢慢地走着，感受着这种压抑的变化，首先向失望变化，然后向绝望变化。他认为绝望会让他好受一些，因为已经知道了结局，也就不会迷茫。

k 先生站在一条分不清方向的路上，四处看着，突然发现了一个不同。在一个巨大房子的入口处有一行字：神圣、庄严、责任、使命。这些字反射着光，让这个房子与众不同，进去的人和出来的人在穿着和表情上没有什么差别，但当他们从这些字下面的门经过时，他觉得他们与众不同，他们的脸上的确有一些神圣和庄严，他们的眼睛里也的确有一些责任和使命。

这个发现让 k 先生瞬间摆脱了迷失方向所产生的压抑感。他跟着两个工人，穿过大门，进入这个巨大的房子，里面比织布车间要安静很多，有时还能听到工人小声交谈。他站在大厅里，大厅上方的墙上又写着一行字：制度是我们最崇高的使命。他的左边和右边摆满了滚轴印刷机，看起来有些简陋，但都在高效地运转，一边是放空白纸的木盒子，一边是收纳用的木盒子，中间是一个刻满字的滚轴。一个穿着工作服、只露出眼睛的人来到这里，查看印刷情况，又很快离开。

k 先生走到印刷机面前，一个刚印刷好的文件正在缓缓地向右移动，标题是《城堡选人原则》：

这是一些流传已久的道理，无人不知，无人不晓，但我们仍旧要一一列出来，将之作为城堡的根基，鼓励那些这样做的人，并向他们致敬。

1 目的明确、言简意赅的人。

2 实事求是、拒绝变形的人。

3 不套近乎、默默工作的人。

4 不滥用语言和表情的人。

5 优雅、准确地运用理性的人。

6 拒绝群体之恶，也拒绝个体之恶的人。

7 在理想主义与现实主义之间做出最好选择的人。

8 以城堡制度为最高目标，不将城堡制度当作权力象征的人。

9 在城堡制度出现问题，或城堡制度落后于现代精神的时候，敢于以创造性的努力予以弥补的人。

k 先生在滚轴印刷机中间慢慢走着，经过了另一个标语：真诚是制度的底色，也是伟大理想的底色。在这个时刻，他并不知道这些落后的印刷机对于城堡的意义，但以后他会知道这里是城堡的核心。各类文件、各类表格在这里印刷完成，进入城堡的各个机构。

k 先生停在另一台滚轴印刷机面前，紧盯着印在纸上的题目《制度与人性》：

在城堡里，我们有一个共识：良好的制度不仅仅是限制人性，而是要提升人性。城堡里的制度对于人性的确有很多限制，但城堡里的人对此是理解的，因为他们都认识到这个道理。

人性中的很多因素都与制度有关，其中最重要的是理性与情感。情感让人冲动，让制度摇晃。理性让情感平静，从而让制度稳固。在漫长的历史中，我们认识到了情感的弊端，所以应该信仰理性。而制度是理性的表达，既是个体理性的表达，也是集体理性的表达。

当制度与理性之间具备了明确的对应关系之后，城堡会变成一个真正的理性之城、制度之城、正义之城。对于进入城堡的人来说，这将是一个伟大的时刻。之后，情感将在城堡里复活。尽管情感仍旧是多变的，但在制度的注视下，它将与理性融合，变成一种全新的感觉。

在这种感觉的引导下，数字阶层会重新规划城堡存在的目的。他们的方法是超越理性，转向感觉，将感觉看作是制度的前提。然而，什么是感觉，这并非一个很难回答的问题。看、听、闻、触摸都是感觉，既是制度的前提，也是制度的反馈。

如何在实践中发现感觉的力量，并将之视为制度的根基，这是一个难题。在漫长的历史上，情感与理性总是以不同的形式影响人类的判断，看似平常的感觉却受到忽视，或是被无限地贬低。如果忽视了感觉，我们会在一些问题上迷失，因为感觉是人类存在的第一前提。

19 世纪已经结束，这是一个没有方向的时代，现代主义的内涵也是不完整的，因为源于漫长历史的感觉被忽视了，源于当下日常生活的感觉也被忽视了。如果将现代主义比作一个建筑，这个建筑有三根柱子，一根是资本主义，一根是殖民主义，一根是种族主义。不要以为一个建筑有三根柱子，它就是坚固的。此前，一个神学建筑也有三根柱子，尽管在人类历史上屹立了千余年，但最终还是坍塌了。现代主义的信徒知道这段历史，所以他们千方百计地加固这些柱子。但他们的方法是错的，因为他们试图掩盖已经发生的事实，将残酷的伪装成合理的，或将压迫的伪装成正义的。

……

k先生离开了印刷空间，再次站在大街上，人来人往，没有人微笑，没有人说话，没有人停留，每个人都有自己的目的，而且每个目的好像就在不远的前方。他们清晰地知道自己应该做什么，甚至觉得自己是为这个目的而生，有时候又觉得这个目的忽远忽近，不可捉摸，所以会有短暂的迷茫。

在匆匆而行的人群里，k先生的好奇心不再是轻快的，他也感到了一些迷茫。这些迷茫不会变成之前的压抑，而是变成了孤独。这是一种他从没有体验过的、纯粹的孤独，深入骨髓，几乎无法表达，因为这种孤独自始至终都在语言的描述能力之外。

一阵风吹来，吹起k先生的头发。他已经不记得自己什么时候洗过头发，所以习惯了头发上散发的迷离的油腻味。这阵风既不温暖，也不寒冷，既不潮湿，也不干燥，他无法判断是哪个季节的风，也不能判断是来自哪里的风。这阵风来去无踪，就像一个谜，在他的心里再次唤醒了之前的压抑。

当一个人失去时间意识的时候，空间就像一个不断变形的怪兽，将他包裹起来，阻挡他的脚步，阻挡他的视线，首先让他觉得压抑，然后让他感到焦虑，最后又让他在焦虑中失去自我。他会觉得自己占据了整个空间，却不知道身在何处。这是一种奇怪的感觉，既确定，又模糊，他会为此变得自信，也会为此变得自卑。他觉得另一个自己从身体里飘出来，缠绕着这个身体，不愿意回归。

想到这里，k 先生找到了一个确切的词来描绘这种感觉，也就是分裂，无所不在的分裂，无法缓解的分裂，难以弥补的分裂。此前，他从来没有这种感觉，直到有一天，他在布拉格的家里收到城堡的聘书，那时他刚刚完成一篇殖民主义与土地测量的文章。他接受了这个任务，然后稀里糊涂地来到那个小村子，又稀里糊涂地进入了城堡。此后，这种感觉就一刻不停地缠绕着他。他不知道自己是否还有情感，是否还有理性，是否还有感觉。只有在吃饭的时候，他感受着牙齿如何咬碎食物，食物又如何下咽，才觉得自己是存在的。

k 先生希望离开这里，却忘记了来时的路，也不知道前面的路会通向哪里。更重要的是，他没有离开的充分理由，也没有离开的清晰目的，所以只能漫无目的地在城堡里走着，从一条大路转向一条小路，从这条小路再转向另一条大路，到处都是一样的草、一样的树、一样的房子。他跑起来了，飞快地跑。他要用奔跑冲散凝固起来的空间，或者找到已经消失的时间，至少恢复方向感。但一切都是徒劳。他累得瘫坐在地上，刚才被他甩在身后的空间立刻追上来，然后将他围住。他用力地挥动手臂，再用脚踢，希望将这个空间怪物赶走，但一切都是徒劳。

在无形的压抑将 k 先生吞没之前，身体的感觉再次拯救了他。

忽然间，他觉得很饿。几乎一天没有吃东西，没有喝水，他的肚子咕噜咕噜地叫。他摸了摸嘴唇，就像摸着干裂的树皮。饥饿的感觉让他忘记了压抑，让他想喝水，想吃饭。

k先生站起来，走到一条路的中间。左边有匆匆而过的人，右边也有匆匆而过的人，他想问一问在哪里能吃到饭，喝到水，或者哪里有商店。他向他们投去渴望的眼神，希望有人能停下来，回答他的问题。但没有人停下来，他们从他身边匆匆而过，面容和悦、平静，没有任何敌意，也没有任何善意。

k先生的饥饿感没有获得满足，生命存在的感觉瞬间又消失了。在这个时刻，他觉得自己在下沉，缓缓地下沉。他看了看自己的脚，看了看脚下的地，他稳固地站在那里，但还是觉得自己在下沉。那个离开身体的自己用力拉着他，让他不要下沉，但他还是觉得在下沉。而他就像一个徒劳的观看者，看着自己一点点下沉，既无动于衷，也无能为力。他想起了那个老人的话，“去除了人性才能进入城堡”，难道这就是去除人性后的感觉？

在不知所措的时候，k先生听到了一个熟悉的声音。以前，他十分厌恶这个声音，千方百计地避开它，或者即使听见了也装作没听见。而现在，这个声音听起来那么温暖，让他瞬间就有了希望：

“k先生，我们终于找到你了，终于找到你了。”

两个助手几乎赶在声音到达前就站在了k先生面前。他们的模样长得更像了，眉毛一样弯曲，眼睛一样宁静，说话时的嘴唇也有一样的曲线。他们站在k先生面前：

“我们从早上起来就在找您，找遍了您可能去的所有地方，都没有找到，最后从酒店地下室里传来一个声音，我们不知道那是谁的声音，所以充满了怀疑，却又无法拒绝其中的准确性。在那个小村子里，准确的声音几乎不会出现，但每次出现都意味着有重大的事情发生。所以，我们相信了这个声音，来到城堡。我们好几次发现了您的影子，但每次您一转弯就消失不见。如果不是您站在这里不动，我们还真是无法找到您。”

两个助手从来都是板着脸，但说到这里的时候，他们看起来很开心，竟然对着 k 先生微笑：

“城堡主事要见您。”

二

与城堡主事会面

两个助手在前面带路，k 先生跟在后面，他们飞快地走着，在庞大的生产区里向左、直行、向右、直行……不知道转了多少个弯，也不知道走了多少路，临近中午时分，他们站在一个高耸的塔楼面前。k 先生抬头仰望，他不确定这个塔楼有多高，但非常清晰地感受到自己多么渺小。

当 k 先生再次变清醒的时候，城堡主事已经站在他的面前。他非常吃惊，因为在这片下沉之地，至少对他来说是下沉之地，竟然还有这样的人。主事看起来非常和蔼，脸上有温暖的笑容，眼睛里有热切的期待。但他又觉得主事的温暖与热切中有一种隐秘的焦虑，或者说是惶恐。他不知道主事是因为什么而焦虑或惶恐，但根据自己的判断，他觉得主事的心里一定有一个深奥莫测的世界。外在的一切进入了这个世界，然后通过主事的目光或语言表达出来的时候，都会变形，坏的虽然不能变成好的，但一定能变好一些。

城堡主事将两个助手差遣出去，然后指着一把木椅子，示意 k 先生坐在那里。之后，他转过身，走到木制书架旁边，取出一本非常厚的书，里面有很多折角，封面边角的颜色已经脱落。他抱着这本书走回来，放在 k 先生面前的桌子上。

k 先生一眼就看见了题目：《资本论》。对于这本书，他并不陌生，之前已经读过两遍，第一遍没有读懂，第二遍读懂了，但其中的很多观点还是悬浮的，没有落地生根，也就无法获得观察机器工业的内在角度。不久之后，他收到了城堡的聘书，来到这片下沉之地。他的力量无法阻止自己下沉，正当他准备接受命运的时候，又收到了主事的见面邀请，然后坐在这里，瞬间清醒。他不知道是要感谢主事，还是要谴责主事。

城堡主事在 k 先生对面的木椅子上坐下来，仍旧温暖、热切地看着他：

“我的生命有三个层次。城堡里的多数人只了解第一个层次，少数人了解第二个层次，几乎没有人了解第三个层次，或者说即使有人看到了这个层次，但他们对于这个层次还是陌生的，所以觉得我很奇怪。没有一个人当着我的面说出来，但我知道他们是怎么想的。”

听到这里，k 先生已经完全恢复了意识，只是他还在刻意压抑着情感，使之没有任何显示的迹象。城堡主事看到了他的拘谨，这是一种情感与理性分裂后的愚钝：

“年轻人，请原谅我的不周。我记得是在半年前，我已经向你发出了邀请，希望你进入城堡，担任土地测量员。但你一直进不来，因为你还有情感，而且希望自由自在地活着。你对此可能会很疑惑。今天，我们开诚布公地谈，我要将我的目的完全说清楚。这个目的只有你和我知道，而且只有你能付诸实践。这里的人都以为我是在训练人性、规范人性、控制人性，使之服从于城堡里的制度，然后在人性与制度之间创造一个完美的平衡。少数人观察得要深入一些，他们觉得我是想实践现代文明早期的乌托邦理想。我承认我有这个理想，又不止于这个理想。现代主义创造了繁荣，也创造了贫困。但这是一种不公平的区分方式，因为遵守规则的人处处受累，不遵守规则的人却大发横财。乌托邦是在现代主义之前出现的，还没来得及充分实践，就被现代主义驱逐了。所以，我在这里谈论的不是经济意义的现代主义，也就是那种由生产、交换、分配、消费所构成的经济形态，我谈论的是以资本主义、殖民主义和种族主义为根基的现代主义。20 世纪的历史还没有完全展开，但根据 19 世纪的历史，无论现代主义以什么样的状态出现，无论出现在哪里，都意味着变化无常，因其会引起此起彼伏的政治革命和残酷无情的战争。从此之后，我们在欧洲大陆上再也见不到乌托邦的影子，因为在贫困、剥削与不可预知的死亡面前，没有人愿意相信乌托邦。关于这个问题，我们之后再详谈。现在，我想说明为什么请你来。我知道你不仅仅是土地测量员，你是资本主义时代的人性测量员。这样说可能贬低了你的才华，因为你还是殖民主义人性测量员，或者说现代主义人性测员、历史人性测量员。我看过你的作品，也了解你的经历，包括你的童年经历。在这个时代，即使有人比你观察得更深刻，却没有人比你观察得更细致、更优美。借助于这种观察力，你对现代主义的前途提出了预警，或者说是启示。权衡再三，我觉得你应该能了解我的愿望，而且能实践我的愿望。”

说到这里，城堡主事翻开了《资本论》，找到最大的折角页：

“机器制造机器，这是一个多么神奇的想法。很多人读过这本书，而且可能已经注意到这个问题，但我觉得这个问题暗示了现代主义的未来。我本来是个产业广大的资本家，享受了这个时代最大的利益，也就是肆无忌惮地到东方，疯狂地实践资本主义、殖民主义、种族主义，获取了无法计量的财富。我的财富太多了，我可以任意挥霍、无所顾忌。但物极必反，我从来没想到有一天我会厌恶财富，甚至因为厌恶财富而厌恶自己。财富让我变得愚蠢，然后陷入了语言与表情的陷阱，被一群言不由衷的人围着。我看着他们对我虚情假意，而且毫不掩饰，我就开始厌恶自己。当我发现完全被他们围起来的时候，我觉得自己变成了猎物，好像要被他们一点点吞噬。更让我无法容忍的是，他们竟然微笑着吞噬我。在资本主义蒸蒸日上的时代，我是一个地地道道的现代人，控制着无数的机器和财富，控制着无数的人，但也被无数的人欺骗、愚弄。一直以来，我总想放弃这样的生活，发誓从虚假回归真实。当我发现我的情感即将消失，我的理性即将昏聩，我的身体即将空洞的时候，我当机立断，将那群人赶走，像赶走一群苍蝇一样将他们赶走，然后在这片东方与西方之间的荒地上建造了这个城堡，为资本主义的征服之路反省，为殖民主义的颠覆之路反省，为种族主义的残酷无情反省，为财富与名利之路反省。当然，我还有一个更长远的目的。我似乎意识到现代主义的前景，但我不想这些前景真的出现。那可能是一个到处都是机器的时代，也可能是人类变得像机器的时代。那时候，情感会消失，理性会变形，例如变短、变细，虽然十分精细，却不再有承受苦难的力量，也不再有认识真理的力量。这些问题总在我的面前出现，它们甚至就藏在这个房间里，像一个个捉摸不透的精灵，坐在椅子上休息，躺在窗台上晒太阳，或者跳到书架上，翻开《资本论》，安安静静地读。每当我坐在这里，闭上眼睛，就能感觉到它们在我身边走走停停、蹦来蹦去。这是一个寓言故事的开端。尽管这个故事还没有开始，但我觉得它终将会开始，但结局又是什么？”

k 先生对此无言以对，因为他没有想过这些问题，但他觉得城堡主事的预想并非无中生有，所以任由他说下去：

“机器制造机器，你不觉得这是一个变化莫测、让人充满奇异想象的问题吗？如果机器能制造机器，也就能制造出更多的东西，甚至能取代人类的技艺，然后制造一个新世界。以前，我们都觉得上帝创造了这个世界，现在我们都知道是我们自己创造了这个世界。但有一天，我们不得不承认，机器继承了上帝的事业，又继承了我们的事业，然后创造一个新世界，那么机器是不是可以取代人类，或者说机器是不是就是上帝？”

城堡主事站起来，弯下腰，双手按着椅子，扭头看着 k 先生：

“这是一个空洞的逻辑，你可能会觉得有些无聊，那么我们讨论一个具体问题。我之所以说这个问题是具体的，是源于我的所见所闻。我闭上眼睛还能看到它、听到它、感觉到它。我曾经的朋友，也就是那些和我一起到东方冒险的朋友，还有那些像我一样享受着现代主义果实的朋友，他们用自己的身体展示了这个前景。发财后，他们衣食无忧，讲究礼仪，一个比一个优雅，但他们开始厌恶自己，就像厌恶他们日渐隆起、充满欲望的肚子一样厌恶自己。马克思在《资本论》中提到了消费问题，我觉得这些肥头大耳的人已经将这个词变成了一种精神状态，我有时称之为

‘消费主义’，我也经常说‘你看看你那张脸，那么消费主义’。这是机器制造机器的前景，也是我在这个时刻预见到的前景。我承认这是一个不充分的预见，却足以让我吃惊。我承认我用殖民主义颠覆了东方文明，我也承认我用资本主义破坏了人类的乌托邦理想，至少我参与了这个过程。但在心底里，我还是忠实的乌托邦信徒，我希望天下大同，没有离别之苦，没有倾轧之苦，也没有生命断裂与情感虚无之苦。但我身边的那群权贵们让我看不到这个希望，我在他们的后代身上更看不到。那些年轻人从一出生就被一个又一个迷幻的现代主义之梦包裹着，不知道食物来自哪里，不关心家族前途，更不关心人类的命运，终日趾高气扬、浑浑噩噩，糟蹋善良人的尊严，却不知道这些被损害的人才是他们的衣食父母。所以，这是一个让他们变得愚蠢的梦、变得残酷的梦，也是一个让他们背叛人性、厌恶自己的梦。他们开拓了现代主义，但长此以往，也会埋葬现代主义。”

说到这里，城堡主事走到窗前，看着窗外：

“你知道了我的想法，才能理解城堡里的生产秩序，尤其是对于身体状态的重视。我雇佣了这群人，他们来这里工作。实际上，他们与我是互相实现的关系，我们有类似的愿望。我有实践的条件，他们有实践的动机。城堡是一个自给自足之地，自己种植、自己生产、自己规划，首要目的是维持人类身体的完整性，既包括形状的完整，也包括功能的完整，最终目的是在既有的现代主义之外寻找一种通向未来、规划未来的方法。在这里生活的每个人都像苦行僧一样，他们心中的情感已基本消失，或者隐匿不见，然后在压抑或强迫的状态中施展身体技艺。所以，你看到城堡里没有马车，因为我想保留人类行走的姿势；城堡里没有饭店，因为我想保留人类做饭的习惯；工厂里有很多人工机器，但没有自动机器。此前，很多商人找到我，希望我购买最先进的自动机器，我都拒绝了，因为我想用身体的无限动作维持人类运用身体、掌握身体的能力。这是我对已经开启的现代主义的反抗，也是对即将开启的消费主义的反抗，总之是一个人对于庞大时代的反抗。这听起来很勇敢，实际上很荒唐，也很悲壮。我不会成功，但我不希望看到周围都是些被现代主义迷惑、制造群体之恶的人，也不希望看到周围都是些被消费主义限制了手脚、泯灭了感觉的人。我厌恶这样的人，所以不希望整个社会都是这样的人。而我之所以厌恶这样的人，是因为他们会毁掉人类的理性与情感，然后彻底埋葬现代主义。当越来越多的人像虫子一样爬来爬去，甚至比虫子更低劣，用甜言蜜语表演伟大理想，却不可阻止地陷入言行分裂的深渊，最终失去了人类良知，我对此是无法忍受的。不过说到人类的良知，我是有些惭愧的。作为资本主义、殖民主义、种族主义的实践者，我没有资格这样说，但是当我意识到我没有资格的时候，我反而觉得自己有维护人类良知的力量。为此，我能做的就是在城堡里驱逐是非颠倒的现代主义，让人感觉到自己的身体，回归自己的身体，然后重新规划人类的未来。”

城堡主事转过身，走到一个木柜子面前，打开最上面的抽屉，拿出一小片纸，又拿出一个棉布包，里面有碎烟叶。他将碎烟叶撒在纸上，用双手卷起来，叼在嘴里，火柴滑过，燃起一团火，他深深地吸了一口：

“这仅仅是一个想法，如何将它变成现实呢？我想到了制度。

这是一个神奇的词，也是一个深奥的词，因为人类历史从古至今都有制度的影子，文艺制度、经济制度、政治制度、伦理制度，约定俗成的风俗也是一种制度。人类的生活本来是无序的，而一旦制度出现，无序就会变成有序。为此，我想到了很多类型的制度，并将之变成可见的文本，人人都知道，人人都能照章行事，城堡里的一切瞬间就有了秩序。19 世纪已经结束，在不确定的未知中结束，而 20 世纪将是制度的世纪。这个判断源于我的经历，而不是无根据的幻想。小时候，我的周围几乎都是熟悉的人，但成年后，我的周围到处都是陌生人。陌生人之间很难取得信任，或者没有信任的必要，但如果有共同认可的制度，这种制度就能在他们之间确立信任。所以，我在城堡里制定了很多类型的制度，当然不仅仅是在陌生人之间培育信任的关系。”

说到这里，城堡主事又深深地吸了一口烟，然后将 k 先生领到一个巨大的书架旁边，书架从上到下装满了文件夹，有厚的，有薄的，k 先生估计仅仅翻一翻也需要好多天。城堡主事从里面取出了一个不薄不厚的文件夹：

“这是身体与行为制度类别。第一份是《走路与身体机能维持》，包括走路姿势、眼睛状态、手臂状态、与人迎面而过的状态，也包括白天如何走路、夜晚如何走路、如何并肩而行，如何前后而行等等。几乎所有人都知道这份文件，也几乎都在照着做。第二份是《工作与身体状态》，里面的规则也很复杂，与人的工作有关，例如身体与机器的关系、理性与机器的关系、工作时眼睛与手臂的关系、源于机器的伤害与个体身份的关系等等。这份文件对于机器也有明确的分类，包括印刷机、磨面机、织布机、纺纱机、提花机、脚踏缝纫机等，以及一些必备的工具，例如铁锹、铁镐、铁斧、剪刀、镰刀、木钻等。无论什么机器、什么工具，操作程序都有相关规定，例如使用铁锹的时候如何调整身体，使用取火器的时候是否要将火的温暖变成心理意义的温暖？类似的文件还有很多，一会儿你可以自己翻阅。这个文件夹里剩余的都是理性类型的文件，也就是从抽象的或概括的角度规范身体行为。这一份是《身体与感觉》。我很重视这个问题，因为我总以为感觉是人类存在的第一前提。在生活中，我们会有一些微不足道的感觉，例如听觉、触觉、嗅觉等，尽管稍纵即逝，但正是这些感觉让我们判断、选择、决定。所以，在起草这份文件时，我有意加入了一段话：'感觉是人类自我认识的前提，既是运用理性的前提，也是激活情感的前提，所以感觉是重要的。'但我也知道重要的并不意味着正确的，因为诱惑往往通过感觉去主导人的行为，所以我又做了补充：'对于一些人而言，或者对于一些人的某些时刻而言，感觉意味着迷途，甚至被当作理性本身，然后影响人的判断。'鉴于此，这份文件对于身体与感觉的关系做了一系列规范，例如第一部分是感觉的定义，即什么是感觉，什么不是感觉，第二部分是感觉与判断的关系，即什么时候我们应该求助于感觉，什么时候仅仅将感觉当作生命存在的迹象。"

城堡主事将快要燃尽的烟头放进水杯里，烟火碰到水的一刻冒出了一阵烟，瞬间熄灭：

"在城堡里，我能想到的关于人的一切都有相关的制度，所以这里被人称为'制度之城'。他们好像已经意识到现代主义的前景不是延续之前的剥削、压迫、欺骗，而是人性与制度的相互实现，也就是根据人性创造制度，然后用制度规范人性。这是一个伟大的语言学目的，如果语言与行为严格对应，人就不会言不由衷，理想不会误导现实，现实也不会颠覆理想。这个愿望源自我对于历史的判断、对于当下的判断，以及对于现代主义前景的预测。我将这个愿望付诸实践，但我承认遇到了很多困难，尤其是轻视了人性的复杂。实际上，在建造城堡之前，我已经深入了解了人性，包括人性的各种类型，每种类型在不同情况下的表现，每种类型在不同年龄的表现，每种类型在面对其他众多类型的表现，但我仍旧无法把握一些情况。我以为只要有好的制度，就能规避人性中的恶，至少能部分地完成这个愿望。但我错了，因为人性是这个世界上最复杂的东西，可以了解，但不可把握。这些制度都无一例外地付诸实践，但很多时候它们被悬空了，无所不在，却不存在。鉴于此，我做了一个重要的，甚至是史无前例的决定，也就是在人性中区分理性与情感，强调理性，抑制情感，然后在情感缺失的状态中，锻炼纯粹理性的力量。我以为情感有时候只是一种强烈的感觉，是判断力迷失的首要原因。相反，一个由纯粹理性主导的人应该不会无视制度、违背制度，尤其不会以保卫制度的名义违背制度。所以，我又筹集资金在城堡里筹建了测量培训部，一个辅助性的数字学校，为城堡里的青少年提供知识。学校名字里之所以有‘测量’这个词，是因为我觉得测量不只是一个数字问题，而是对于人性的综合判断。测量培训部开设了很多新奇的课程，例如数学与人性区分、物理与人性制图学、文学与人性表达、哲学与人性象征学、理性类型学、情感类型学、感觉界限勘察学、精神存在的身体表达、资本主义人性测量学、殖民主义人性测量学、权力人性测量学等等。所有课程都有三个层次，初级、中级和高级。聘用培训员的主要标准不是学识，因为这些课程是全新的，巴黎皇家科学院、柏林科学院、伦敦皇家学会都没有先例，所以几乎没有人熟悉，甚至很多人都没有听说过。鉴于此，最重要的聘用标准是无与伦比的创造力，既能推陈出新，也能无中生有。此外，还有一些重要的标准，例如公正、开放、好奇心等。不过，在具体实践时，我承认有时候无法严格落实这些标准。一个应聘者在我面前坐下来，面容和善，语言得体，不急不慢，看起来十分可靠，而且充满了创造力，城堡委员会确定他是符合标准的，然后委以重任，负责课程规划。但后来，他让我们失望了。他做的一切都符合城堡制度，没有任何违逆之处，我们也就没有苛责他的理由，但他又做了什么呢？我们可以说他什么都没做，尤其是对于城堡的前途，他什么也没做。他终日忙忙碌碌，一定做了很多事，却没有一件事有利于城堡的前途。然而，他又没有错，因为他的每个决定都有制度根据，我们也就没有责备他的理由。最后，我只能承认城堡的制度是有问题的，但这些制度又有什么问题呢？他看到我为此而陷入了沉思，却指责我没有理解制度的内涵，而且似乎有指责我的充分理由。”

说到这里，城堡主事走到放烟草的抽屉那里，再次卷了一支烟，用火柴点燃，狠狠地抽了一口：

“我对此很生气。你说我能不生气吗？但我又无法反驳，这些人做的一切都符合制度。他们根据会面制度与我会面，根据写作制度向我汇报，根据课程制度提出培训课建议，根据改革制度提出改革建议……但我知道他们在玩弄制度，他们也一定知道自己玩弄了制度，而且知道我知道他们在玩弄制度，但我又能怎么办呢？所以，我聘用了恶的捕手。既然从制度的意义上无法纠正这些问题，我就从具体的角度纠正这些问题，也就是发现具体的恶。每个恶都源于恶念，所以恶的捕手首先要发现不可见的恶念，跟随这些恶念，发现它们的行为迹象和可见的后果。很快，恶的捕手处理了一个自以为‘制度之友’的人，将他驱逐。他在测量培训部工作，总觉得自己是制度之友、城堡的信仰者，甚至是城堡本身。当他这样想的时候，就会犯错误，用隐秘的方式压迫一个真诚的理想主义者，一个像神一样的人。他的心里有非凡的力量，尽管处处受阻挡，却依然坚持最初的理想，竭尽全力地维护城堡制度。你知道人性有一个弱点，或者说是特点，也就是压迫比自己弱小的人，并以此为乐。当他熟练地在人性与制度之间穿梭时，他就犯了这个错误。这个受压迫的人看起来温和、友善，努力工作，任劳任怨，逆来顺受。他从来没有遇到过这样的人，也就不知道如何对待这样的人。当他发现这个人转而被称为‘制度之友’时，他觉得受到了威胁，然后用温暖的语言、和悦的表情去破坏这个人的努力，让他失去自我，切断他与制度的关系，再将他变成制度的对立面。恶的捕手发现了恶的迹象，并很快确定了恶的来源，然后将他驱逐。我承认发现具体的恶是非常痛快的，我的愤怒有了直接的对象，我也就不再那么愤怒，但对于城堡的前途却是不利的，因为这类人像谜一样不可捉摸，随时出现，随时消失，恶的捕手要时刻注意，城堡也就不再是安宁的。但一段时间后，我还是没有想到好办法，只好解散了测量培训部。我想让这些人知道他们自己的价值。如果没有他们，城堡是不是还能照常运行？测量培训部解散了整整一年，此前的培训员被重新分配了工作，进入生产领域。我要用这种方式向他们证明一个道理：如果测量培训部变成了玩弄制度的地方，就一点价值也没有了，不但没有价值，对于城堡前途反而是有害的。尽管城堡里没有任何一种制度能揭示他们的罪过，因为他们是制度的玩家，但我已经预见到了负面的结果。一年后，他们根据城堡协商制度向我写了联名信。这封信我反复读了好多遍，他们没有否认自己未履行职责，也没有否认自己败坏了制度，但他们希望获得一次机会。我不知道他们会有什么作为，但我又能怎么办呢？我为测量培训部投入了很多，在城堡的所有建筑中，那里的墙壁是最厚的，那里的颜色是最浓的，那里的线条是最直的。如何对付这类人，如何处理制度悬置，或解体的现象，我想求助于你，求助于你对于人性的理解。我是现代主义的批判者，却不是颠覆性的批判者，而是希望以否定的方式通向美好，也就是在现代主义之外创造另一个世界，以不知不觉的方式化解资本主义、殖民主义、种族主义对于这个世界的罪责，同时在东方与西方之间确立一种真正的热忱。也正是这个原因，我对测量培训部充满了希望，当然我也为之付出了很多，既包括财富，也包括智慧与情感。尽管我希望以克制情感、压抑情感、取消情感的方式建立这个制度之城，但当我走入理性最深层的时候，我发现情感与理性并没有严格的区分，情感是理性的另一种表达，理性也是情感的另一种表达。”

说到这里，城堡主事将烟头扔进水杯，走到放烟草的抽屉那里，再次卷了一支烟，用火柴点燃，又狠狠地抽了一口：

“测量培训部寄托了我很多希望，关于现代主义的重新定义，关于东方与西方的和解，关于未来的美好生活，但我发现测量培训部无法帮助我实践这些希望。他们做的一切都符合城堡制度的要求，却不能维护城堡的声誉，也不能维护测量培训部的声誉。我觉得自己陷入了一个走不出来的谜团。有时候，我会在梦中惊醒，像被一种神秘的力量叫醒。我不知道那是什么样的力量，却觉得它无所不在，诱惑我、阻挡我，一会儿让我充满希望，一会儿让我无所适从。无论如何，在一个问题上，这种力量给了我很多启发。我们总是将 19 世纪的问题归咎于现代主义，这个结论并不完全正确。现代主义的确有问题，每当想起轰隆隆的炮声从东方传来，每当想起被资本家把持得像铁钳子一样的科层制度，我们就能看到这些问题。尽管如此，现代主义背负了一些不该背负的责任，因为我们将人类历史上从来就有的问题也归咎于现代主义，例如人性之谜。为了能找到打碎这个谜的人，我耗费了很多时间。如果苏格拉底在世，我会向他求助，如果马克思在世，我也会向他求助。最终，我发现了你。通过你的书，通过你的故事，我确定你是一个杰出的人性测量员，然后以隐秘的方式向你发出了邀请。你在那个小村子时，可能陷入过混乱，时间的混乱、空间的混乱、理性的混乱、情感的混乱，我为此感到抱歉。现在，你进入了城堡，也就不再被这些混乱折磨。这里是理性之城、制度之城，你完全可以施展自己的判断力，帮助我发现人性与制度之间的秘密。不瞒你说，此前我聘任过一个人，但他无法完成这个工作，反而很快就陷入人性与制度的旋涡，然后变成一个骑制度的人。他有非同一般的智慧，履职后很快掌握了城堡里的各种制度，也发现了人性与制度的秘密，至少是部分秘密。最终，他没有为我解开谜团，却败坏了城堡制度。我不知道原因是什么，但我厌恶他在我面前对我笑的样子，尽管他的笑看起来是坚定的、温暖的、深奥的，但我更喜欢狗。你看我的院子里有很多狗，以前我不喜欢狗，自从意识到人性与制度的秘密后，我非常喜欢狗，喜欢这些不会变形的原始生命。我宁愿跟狗在一起，也不愿意跟骑制度的人在一起。我缔造了这个制度之城，选用了我觉得最合适的人，但我无法把握结果，也无法把握过程。我从来都是因果关系的信徒，相信有原因一定有结果，有什么样的原因，一定有什么样的结果，但看到这个人的变化之后，我对于因果关系的信仰差点崩塌。我还可以把握原因，对于结果却无能为力，只能被迫接受，哪怕这个结果多么出乎意料。我经常反思失败的原因，例如是否为他创造了最好的条件，是否已经让所有人知道他是制度的改良者，他生活得是否体面，是否有思考的自由，是否有改变一切的条件……我觉得我做了该做的一切，对他信任有加，有求必应。在公开会议上，我多次表扬他的远见卓识与公正凛然，还说他有见微知著的能力。然而，当看到他在变形的时候，我觉得我做的一切可能正是失败的原因。所以，在聘用你的时候，我改变了方式。我要将你隐藏起来，将你变成一个谜，一个人人猜不到的谜。迄今为止，我一直是这样做的，那个小村子的村长不知道你是谁，酒店的女老板不知道你是谁，城堡信使巴纳巴斯不知道你是谁，两个助手不知道你是谁，酒吧的服务员弗里达也不知道你是谁，尽管你与她有过缠绵。他们或是被城堡驱逐的人，或是没有资格进入城堡的人。他们本来觉得自己是虔诚的、卑微的，但即使如此，有些人的心里却充满了最深刻的轻视，尤其是对于那些他们不了解的人，他们会毫不保留地展示他们的轻视。我想他们已经对你表达了各种类型的轻视，各种程度的轻视。他们一定觉得你来自虚无之地，没什么本领，只能是个可有可无的符号，就像他们一样。”

说这些话的时候，城堡主事一直低着头。抽烟的时候，他也低着头，从嘴里吐出的烟雾向上升起，钻进他的头发，又穿过他的头发，然后飘到空中。说完之后，他终于抬起头，真诚地看着k先生：

“我聘用你，是希望你能让我看到城堡制度在测量培训部是如何变形的。我求助于你，但我仍然要向你提一些要求：尽一切办法隐藏自己的身份，隐藏我们之间的关系，当然更要隐藏我的目的。哪怕所有人都知道这个目的，向你打听这个目的，你也要装作什么都不知道，然后以土地测量员的卑微身份在测量培训部工作。我想只有这样，你才能准确地看到制度变形的过程。为了隐藏自己的身份，我希望你穿破旧的衣服，比其他人的衣服都要破旧，用谦卑的语言，让所有人觉得你地位卑微。但在培训课上，你要表达最深刻的道理，可以用含蓄的方式，也可以用你喜欢的任何方式。无论如何，我希望你能超越城堡制度的要求，从土地测量转向制度测量，从思想测量转向人性测量。如果有机会，你可以大胆地提出现代主义的内在缺陷，也可以提出资本主义、殖民主义、种族主义与人性测量的关系。这会让那里的人感到一种无法忽视的反差，也让他们知道他们忽视了自己的工作。如果你能做到这一点，你会激活他们对你的轻视，甚至是恶意。根据之前的经验，我想他们不会仰慕你、敬佩你，相反他们会轻视你、阻拦你，因为他们觉得自己才是制度的拥护者，他们所做的一切都是为了城堡的前景，哪怕这一切会颠覆城堡。我想这并不是制度的问题，而是人性与制度的秘密。我可能最终无法解决这些问题，但我想知道问题的根源在哪里。这样，我即使彻底失败，变成一个流浪的穷光蛋，我也不会被这个谜压倒，最终稀里糊涂地死去。”

之后，城堡主事走到 k 先生身边，右手搭在他的肩膀上，左手将烟塞到嘴里，又吸了一口，整个房间已经烟雾缭绕：

“在接近制度变形的那一刻，我知道你会很痛苦，这是一般人无法承受的痛苦，我为此应该提前向你道歉。哪怕你能轻而易举地应对这种痛苦，我也应该向你道歉，因为一个人一旦经历这种痛苦，就不会忘记。以后每当想起这段经历，你可能还会愤怒、难过，失去希望，甚至绝望，无法保留人性的光辉。当然，你也可能会因为这种痛苦而变得更深刻，变成一个空前绝后的人性测量员，既能洞悉过去，又能启示未来。如果无法应对这种痛苦，你可以随时离开，哪怕不辞而别，我也理解你的决定。但无论如何，我都希望得到几个问题的答案。一是测量培训部耗费了那么多财富，为什么不能承担最初的职责，不能培育城堡需要的人才？二是将现代主义的改良寄托在设计精确的制度上，我觉得这条路是对的，但如果不对，到底是城堡的问题、制度的问题、人性的问题，还是制度与人性的错位？关于这些问题的答案，你可以当面告诉我，也可以写信告诉我。但你一定要在城堡里写完这封信，不能去那个小村子里写，否则你的理性会混乱。你一定认识克拉姆，他是我的朋友，与我一同建造了这个城堡，之后专门负责城堡对外影响力的评估工作。他往返于城堡和小村子之间，经常在酒店过夜，所以总是处在混沌中，有时候自己都不知道自己是谁。他自始至终没有伤害制度，却活得像个谜一样。”

与城堡主事告别后，k 先生去测量培训部报到。他从房间里走出来，在方向标的提示下向左转、向右转……就像在迷宫里摸索。他不知道自己能否走出去，也不知道两个助手去了哪里。在一个长长的走廊里，他站在窗边，向外望去。那是一个院子，城堡主事正在院子里喂狗。k 先生数了数，足足有十只不同种类的狗，其中最高的是一只浅黄色的灵缇，就像陪伴腓特烈大帝穿越权力孤独的那只灵缇几乎一样。

经过走廊后，k 先生向右走，迎面来了两个人，一边走，一边交谈，说话声音不大，却有点吵耳朵。从他们的行为来看，他觉得他们应该是熟人，但从他们的话判断，他们好像离得很远，远得变成了彼此的符号。他与他们迎面而过，就像是 A、B、C 之间的关系。在字母表里，它们排在一起，但仅仅是排在一起，没有意识，没有想念。想到这里，他有些吃惊，但他知道要隐藏自己的情感，像他们一样坚硬、冷静，眼睛里不要有情感，语言里不要有情感，举止里也不要有情感。

k 先生推开了塔楼大门，迎着光走出去。两个助手正在塔楼门外的台阶上等待。他们安静地坐着，姿势一样，表情一样，偶尔看向对方，用同样的眼神，同样的表情，既没有期待，也没有好奇。这是情感消失、理性悬置的状态。他们的心里已经没有情感，只剩下理性，而在一个明确的目的出现之前，他们的理性在沉睡，没有任何活跃的动机，只能这样坐着，等待着目的。

在两个助手的带领下，k 先生首先去城堡邮局，他要给妈妈写一封信。在心里，他有一个理想的妈妈，温暖、坚强。他没有见过她，却每年都给她写信，向她报告自己的一切，既包括让他难过的，也包括让他开心的。收信地址是布拉格郊区一棵大树下的小房子，那个房子已经空置了很久，他经常独自去那里，寻找自由自在的母爱。

k 先生在邮局窗户边的椅子上坐下来，不知不觉地发呆，直到工作人员走到他的身边，提示邮局快要关门了，请他尽快办理自己的事。看到 k 先生僵直的眼神，工作人员又问他是不是需要代写服务。他一下子想起要做的事，赶紧取了一张纸，将鹅毛笔插入墨水瓶，飞快地写着，就像夏日雨后的溪水：

亲爱的妈妈，您好，我想您一定很好，在一个目的主义已经消失，在一个没有边界的理想国里，您一定获得了自己期望已久的东西。在这个现代主义大肆扩张的时代，我也很好，正像您期待的一样。我进入了城堡，获得了崇高的职务。在上一封信里，我跟您说起过这个职务，而今天我正式获得了这个职务。现在，我还不能明确地告诉您这个职务到底是什么，因为这里的制度要求我不能这样做。但我可以告诉您的是，这里是制度之城、启示之城。我对这个职务很满意，尽管我不知道会因此走向哪里，会获得什么，或者失去什么，但我喜欢未知。在我小的时候，每当我做梦的时候，您就会告诉我，生命是一个走向未知的过程。您希望在我身上看到优雅与深刻，因为只有这样才不会被未知所迷惑。我知道您为此付出了很多，即使我做得不好，您依然为我感到自豪。在未来的一段时间，我会在城堡里生活。我不知道要在这里待多久，但我知道我为什么在这里。在我记事的那一刻，我好像抱着一只狗。我记得那只狗在舔我的鼻子，让我感到惊奇，感到温暖。正是这种感觉让我记得那个时刻，也让我记得那个时刻您看着我的样子。今天，在我写信的时候，我好像又看到了那个时刻，一个小孩，一个妈妈，还有一只狗，当那只狗伸出舌头去舔那个小孩的鼻子时，那个妈妈在笑。

k先生很快写完了信，然后走到邮局柜台旁边。工作人员给他一个米黄色的信封：

“请您根据信封上的要求填写，收信地址一定要明确，寄信地址可以不写，因为这个世界上只有一个这样的城堡。”

k先生在信封的上半部分清晰地填写了收信地址，然后交给工作人员。工作人员接过去，抬起头看着他：

“k先生，我有一个问题要向您说明。根据城堡的邮寄制度，我要审查您的信，以情感审查员的身份。我会十分准确地审查您的情感表达，丝毫不涉及您的理性表达，无论您的理性表达是否对城堡有利，这些都无关紧要，因为我只会审查您是否滥用了情感。我不会记住任何理性表达的内容，也不会记住任何情感表达的内容，如果有的话。所以，您可以将我看作是一个没有记忆的机器，就像印刷厂的印刷机一样。这是一个问题，另一个问题是我会在您的信封里塞入一份《注意事项》，告诉给您回信的人应该注意什么，应该用什么语法，最重要的是，一定不能用纯粹情感的写作方式。无论我对这封信做了什么，请您放心，这都不是来自权力的注视，也不是为了让这里的人不敢写信，相反是为了维护城堡作为理性之城的身份。”

等 k 先生点头同意后，工作人员迅速看了一遍信的内容，然后将一张印满字的纸塞入信封，又将之封好。之后，他从桌子上拿起印章，在收信地址上方的空白处用力盖了一次。k 先生看到了印章上的字：

“这里是制度之城、理性之城，请不要将任何带有情感的文字或物品寄入城堡，回信时请遵守《注意事项》。”

三

到测量培训部报到

测量培训部在城堡塔楼后面，k 先生很快就来到了这里。他站在培训部门前，还能清晰地听到塔楼院子里狗的欢叫声。这是一个巨大的两层建筑综合体，向左看是风格简单的墙，一样的窗户，一样的图案，向右看也是同样风格的墙。他推开厚实的木门，走到里面，感受着清凉的空气将自己包裹起来。

在这里，k 先生不知道会遇见什么人，也不知道会经历什么，因为这仅仅是一个开始。但对于两个助手来说，一个清晰的目的出现了，他们就有了存在的意义，所以看起来精神饱满，陪着他来到接待处。这是一个开阔的办公区，排列着风格简单的木桌子、木椅子，十分整齐，四周的墙上挂满了各种文件。在接待人员仔细阅读聘书的时候，k 先生抬头看了看对面墙上的文件：《工作与身体》《人员接待规则》《工作签约规则》《工作时间与空间规则》《工作中的理性与情感》《身体行为管理办法》。每个文件都印在一平方米的加厚白纸上，镶金直线条纹封边，看起来很庄严。

看完聘书后，接待人员翻找相关资料，但桌子上资料很多，他一时没有找到：

“请您稍等，我们这里近期没有聘用新培训员，所以我得好好找一找。”

k 先生表示理解，后退几步，用空间距离减缓时间紧迫。他转过身，看向别处，用视觉转换的方式增加空间距离。对面的墙上仍然贴满了很多文件：《工作与身体》《培训员工作基本章程》《培训课设置与检查办法》《测试管理办法》《新任培训员基本注意事项》《培训课讲授与意外情况处理规则》《培训课开设流程》……

整个接待区十分安静，除了写字的声音、查找文件的声音，没有其他声音。每个人的表情也十分相似，专注中有一点漠然，漠然中有一点坚韧，所以看起来出奇的冷静。k 先生又看向另一侧：《工作与身体》《图书借阅规则》《阅读与身体状态》《培训与身体状态》《理解身体的几种方法》……

在这些文件中，身体出现的次数最多，《工作与身体》是人人要熟悉的内容，k 先生据此判断身体状态是一个核心问题。这与城堡主事告诉他的情况一致，也就是用工作维持人类身体的基本功能。

接待人员找齐了各类表格，然后招呼 k 先生过来：

“今天，您会收到三大类表格，包括聘用类、培训类和测试类。其中，聘用类分为两小类，包括基本信息表和工作计划；培训类分为两小类，包括课程类和研究类；测试类也分为两小类，包括培训生测试类和培训员测试类。当然，各类表格中还有很多具体的类别，例如课程类包括初级、中级、高级，研究类也有很多类别。所有表格加起来一共 12 种，120 页，请您回去后详细阅读，然后填写。《基本信息表》要尽快完成，最迟明天下午测量培训部工作会议开始之前，可能是 2 点、3 点，也可能是 4 点、4 点 5 分，或 4 点 10 分。”

这个回答让 k 先生有些迷惑，他不知道到底是什么意思。接待人员抬起头，面色沉静：

“抱歉，k 先生，具体的时间我也不确定，但根据《人员接待规则》，我必须告诉您一个具体的时间，尽管这个时间并不确定，但我只能这样说。”

为了缓解目的迷失而导致的尴尬，接待人员告诉 k 先生一个好消息：

“我们会为培训员提供最好的工作环境，请您收好表格，我们一起去您的工作室，以后您就在那里工作。在没有获得允许的情况下，任何人都不能打扰您，包括您的助手。”

k 先生跟在接待人员身后，经过一个长廊。长廊一侧为培训室，另一侧的墙上贴满了各种文件，与接待区里的格式一模一样：《学习与身体》《上课基本规则》《提问基本规则》《书写基本规则》《阅读基本规则》《借书基本规则》《测试注意事项》……在走廊的尽头，他与接待人员一前一后上楼梯，每层楼梯都很长，至少比他走过的楼梯都要长。二楼是办公区，墙上也贴满了各种文件，例如《教学与身体》《培训员身体基本规范》《测量培训部的宗旨》《测量工作要领》《为什么测量重要》等。

接待人员走得很快，k 先生有些气喘吁吁，他想休息一下，但接待人员说他的工作室就在向左转的第一个房间。这的确是第一个房间，也是最后一个房间，因为这里只有一个房间。他面对着一扇几乎崭新的木门，从木头纹理判断，应该是一棵很古老的树。门上方贴了一个数字牌，32X，下面贴着一个文件：《工作室使用注意事项》。

接待人员取出钥匙，向k先生演示了开门的方法：

“首先向左转动45度，再向左转动45度，向右转动60度，再向右转动45度。这是解锁的方法。如果要打开门，您还要反方向重复以上的动作，向右转动45度，再向右转动45度，向左转动60度，再向左转动45度。”

木门开了，里面涌出来一阵发霉与芬芳的混杂味道。k先生站在门外，迎面是一个落地窗，正对着城堡塔楼。他走到窗前，向外望去，外面起了雾，塔楼下半部分十分清晰，但上半部分隐入了雾中，似真似幻，看起来有些神秘。

k先生关上门，将两个助手关在外面。他们没有觉得受到一丝冷落，因为他们发现了一个新目的，只要k先生在这里工作，这个目的就不会消失，他们就能生活在确定性里。在关门的那一刻，k先生也有这种感觉，周围一切都是确定的、清晰的、具体的，没有任何模糊。而当他独自站在房间里的时候，这种感觉很快消失了，他忽然觉得一切都是浮动的，就像在一片云上。他害怕自己会掉下去，就像刚进入城堡时，站在大街上体验的那种坠落感一样。他低下头看了看地面，那是非常坚固的沉积岩地面，上面还有很多古生物和植物化石。他告诉自己一定不会坠落，一定不会坠落。他是一个冷静的人，怎么会被虚无的感觉控制？

k先生走到木桌子前，然后坐在木椅子上，将那叠厚厚的表格放在桌子上。木桌子上有一个鹅毛笔筒，笔筒旁边有两种墨水，一种黑色，一种红色。他拿出一支用旧的鹅毛笔，上面的鹅毛有些凌乱，然后将笔尖蘸入黑色墨水瓶里。之后，他拿出第一份表格，也就是需要尽快交上去的《基本信息表》，包括姓名、性别、年龄、身高、体重、种族、办公地址、头发颜色、皮肤颜色。这些内容并不难，但后面的内容让他不知所措：对于资本主义的态度、对于殖民主义的态度、对于种族主义的态度、对于乌托邦的态度、对于身体的态度、对于手动机器的态度、对于自动机器的态度、对于理性的态度、对于情感的态度、对于美与崇高的态度。表格的最后是一个文本框，需要用 200 字回答一个问题：情感与理性的分离是否能让理性变得纯粹？

k 先生拿起鹅毛笔，刚要在表格上写名字，却感到了一些恍惚。他知道自己的名字，也知道怎么写，但笔尖落在纸上时，他觉得那支笔根本不听使唤。他觉得那片鹅毛有些沉，又觉得笔尖很软、很黏。他想到自己已经大半年没写字了，所以不再纠结，但他又无法忽视这种感觉。他深深吸了一口气，重新体验握笔的感觉，然后一点点适应。写到办公地址的时候，他再次变得恍惚，确切地说，这是一种来自内心深处的迷茫。32X，X 是什么意思，是结束，还是无限？他不想是结束的意思，却不知道无限又是什么意思？

k 先生想弄清楚这个问题，因为这是理性的要求，最终却一无所得。他决定暂时放弃这个问题，于是握紧了笔，继续填写。他知道自己的姓名、年龄、身高、体重、种族，也知道自己对于资本主义、殖民主义、种族主义、乌托邦、身体、理性、情感的态度，所以写得越来越快。

每当填完一个表格，恍惚的感觉还是会占领 k 先生的心，尽管是暂时的占领，就像一阵风一样很快消失，却让他无法保持清醒。他觉得自己正在经历着理性与情感的分裂、时间与空间的分裂、目的与过程的分裂。情感在一边，理性在另一边；时间像升腾的烟雾，浮在上边，空间像降落的尘土，落到下边；目的被一种神秘的力量无限放大，而过程已经完全消失。他觉得只有目的是重要的，过程里的一切不再有意义。

不久之后，k 先生将《基本信息表》送回接待处。工作人员仔细看了一遍，然后用十分缓慢、十分清晰的方式告诉他：

“测量培训部委员会要确认您填写的信息是否准确，是否符合测量培训部各类制度的要求。请您随时留意工作室门口左侧的木头信箱，您会在那里收到反馈意见，然后根据反馈意见做出修改。如果没有收到任何反馈意见，那就是通过了。”

k 先生认真听着，就像小孩第一次上学，听老师讲解作业要求一样，有些迷惑，却十分虔诚。这个小孩一定希望好好地完成作业，希望得到老师的肯定，更希望从老师的眼睛里获得认可。但在这个时刻，k 先生觉得自己比这个小孩还要迷惑。他看着工作人员，就像看着一个谜。这个人明明是存在的，却像不存在一样，他在说话，他的话里有清晰的目的，却始终没有抬头看 k 先生一眼。k 先生甚至觉得这个人不知道在跟谁说话，或者跟谁说的话都一样。

k 先生的思考很快被打断了。工作人员再次用缓慢、清晰的方式告诉他：

“其余的表格要在培训课开始前完成，如果没有完成，就不能上课。对于每个培训员来说，这些表格是必须的，而且每年都有表格，也就是说除了《基本信息表》之外，其他表格每年都要填写。所有表格都由测量培训部委员会审核，确保每个人是透明的，即使有灰暗的地方，也不会挡住所有的光。当然，我要坦率地告诉您一个问题，有些培训员的表格第一次往往无法通过，需要反复修改。无法通过的原因有很多，最主要的是没有很好地克制情感，或者说在写字的时候流露出了情感，哪怕是一点情感，也会让理性失去方向。所以，我提前告诉您填写表格的几个规范。第一是克制情感，相信各种表格，相信表格背后的制度，更要相信它们能带领填写的人走向一个伟大的目的。第二是使用准确、简单、清晰的语言，不要用形容词，或者最大程度地减少使用，因为形容词最容易表达情感，要使用以名词和动词为主的短句子，每个句子中要以名词为导向，动词为名词服务，所以我们可以说这里是一个名词的世界，一个用名词展示希望的世界。”

说到这里，工作人员示意 k 先生去接待处的一个角落：

“那里有写作基本规范，您可以看一看，然后试着写一段话，我看看是否符合填写的要求。”

k 先生走到那个角落，坐在桌子前，桌子上空荡荡，只有一支插在墨水瓶里的鹅毛笔、一张白纸和一本《填写指南》。他翻开《填写指南》的目录，从上往下看：总则、分则、语法规则、句子长度、名词规则、动词规则、形容词规则、副词规则、连词规则、介词规则、感叹词规则、词汇变形规则、如何隐藏情感、如何理性书写。他从头到尾读了一遍，读得头昏脑涨。他觉得已经理解了《填写指南》的内容，又觉得没有完全理解，所以有些迷惑，有些恐惧，好长时间都不敢拿起旁边的鹅毛笔。

k先生呆坐了一会儿，然后拿起鹅毛笔，颤颤巍巍地写下了两段话。这本来是卡夫卡写的，而他之所以想起这两段话，是因为以前读过，不能说写得很好，却让他印象深刻：

> 人要生活，就一定要有信仰。信仰什么？相信一切事和一切时刻的合理的内在联系，相信生活作为整体将永远继续下去，相信最近的东西和最远的东西。
>
> 我的本质是恐惧。恐惧是我的一部分，也许是我身上最好的那部分，完全承认恐惧的合理存在，比恐惧本身所要求获得的还要多，我这么做并不是由于任何压力，而是欣喜若狂，将自己的整个身心全部地向它倾注。

这是k先生喜欢的语言风格，既沉静又热烈，既简单又深邃。他觉得应该如实地表现这个时刻的心情，让工作人员看看是否可以这样写。他希望获得认可，如果这样，那堆表格也就不是问题，否则他要做出很多改变。工作人员认真地阅读了两遍，然后在上面涂涂写写：

"k先生，几乎所有人都需要改变，甚至比您改变得更多。第一段话是很好的，让我想起来城堡的目的，所以我很喜欢，请原谅我用了'很喜欢'这种表述。但第二段话有问题，您看看我圈起来的词，'恐惧''最好''也许''欣喜若狂''身心'，这些词都是有问题的，测量培训部委员会一定会让您修改。您刚才看了《填写指南》，里面有词汇变形部分，'恐惧'有时候像名词，有时候像动词，有时候还会被当作形容词，所以这种词尽量不用。'也许’不但是测量培训部的禁用词，也是整个城堡的禁用词。我们这里不允许出现也许的情况，因为一切都是清晰的，一切都是可以预测的。您要知道模糊不清是对纯粹理性的羞辱。”

k先生从接待大厅里出来，两个助手在门口等待，但他们一点儿忙也帮不上，只能陪着他回到工作室。他们一路上遇见了刚下课的培训员、刚下课的培训生，与他们逆向而行，看着他们的脸，由远及近，又由近及远。

k先生突然意识到X的意思，应该是一个符号，就像这群人都是符号一样，他也是一个符号。这些符号通向的是目的，他们的心里只有目的，也只有目的能吸引他们。在这个庞大的城堡里，18世纪重新复活的世俗因果关系已经失去了魔力，原因不再重要，重要的只有结果，或者说只有目的。这些符号也就成了目的本身。当他们奔向目的的时候，过程围在他们身边，但他们对之视而不见。这是他们对于自己的期望，也是城堡对于他们的期望。k先生忽然意识到一个词，目的主义。除了目的之外，什么都不重要，目的既是原因，也是目的本身，总之目的就是一切。

之后，k先生独自一人在工作室填写表格，忘记了时间，忘记了空间。他不知道已是深夜，然后是黎明。他也不知道自己坐在四条腿的椅子上，甚至不知道自己的脚还放在地上。有时候，他觉得自己飘浮在空中，有时候觉得自己在下坠，穿越云层，落到一片清凉的湖水里。他唯一知道的是眼前有11种表格，119页，摞起来像一本大厚书。他听到鹅毛笔尖在纸上滑过的声音，他还看到一根鹅毛在眼前晃动，像在跳芭蕾舞，转动、跳起、滑行。他喜欢写字的声音，当一个又一个字出现在纸上的时候，他就像看到了希望。

在接下来的一个多月里，k 先生几乎每天都待在工作室里，坐在木桌子前的木椅子上，闷着头写，像一个机器。他觉得自己在改变，越来越会填写表格，甚至开始喜欢表格。他觉得自己活在一个漫长的过程里，而且已经沉浸在里面。这个过程无限长，但他对之视而不见，因为只有目的是清晰的。他不再迷惑，不再愤怒，不再盼望，情感在慢慢地消失，即使没有完全消失，剩下的那部分已经被理性驱逐到一个角落。他不知道自己的情感是否还能复活，却知道理性在他的身体里四处蔓延，从左手到右手，从头发到脚尖。每当劳累至极的时候，他会看一看桌子上的表格，左侧是已经填写好的，包括《总体培训计划》《分类培训计划》《初级培训计划纲要》《中级培训计划纲要》《高级培训计划纲要》《研究计划预测》《培训生测试（初级）纲要》《培训生测试（中级）纲要》《培训生测试（高级）纲要》……右侧是还没有填写的《城堡前景》。

在填写《城堡前景》时，k 先生的动作变慢了，无数次停止。他知道自己可以胜任土地测量课程，却不知道这对于城堡有什么作用。他了解各类测量技术，包括对于具体问题的测量，对于抽象问题的测量，以及对于魔幻问题的测量，但这些技术对于城堡有什么意义，他仍然是不确定的。然而，他知道不能表现出不确定，也不能表现出模糊不清，因为城堡是排斥不确定的。

怎么才能让不确定的未来变成确定的未来呢？k 先生反复思考，然后想到了《填写指南》里的一个提示：用虚拟语气表达未来。所以，在填写《城堡前景》时，他大量使用将、将会、将要、一定能等词汇，几乎每个句子里都有这些词。在“身体与城堡前景”的部分，他写道“我将重视我的身体，使之健康，然后在健康身体的辅助下，系统讲授土地测量知识，培训生一定能学会土地测量知识，在此基础上，他们应该能进入更深层的领域，对于城堡前景而言，这样做将是有益的”，等等。

k 先生填完所有表格后，是一个傍晚，太阳还没有落山。他站起身，走到窗边，看了看远处的天，天上什么也没有，没有云，没有鸟，但他觉得内心充盈，像是等待一段充满希望的旅途即将开启一样。此前，面对空白表格时的恍惚已经消失，他甚至觉得应该感谢这些表格，因为它们不止让他变得透明，还让他变得具体，清楚地知道自己能做什么。

k 先生将所有表格收了起来，排好顺序，夹在腋下，奔向一楼的接待处。穿过走廊时，他遇见了一群下课的培训生，与他们迎面而过。他觉得他们还是一群符号，但忽然觉得这群符号与自己一样，有共同的理性，有共同的目的，所以他的脸上露出了一种隐秘的笑意。那些培训生也在看着他，本来像看着虚无，但等到在他脸上发现了隐秘的笑意，他们的表情也不再是僵硬的。这是城堡内部的认同，在这个世界上的其他地方是找不到的。

工作人员逐一审阅了 k 先生的表格，然后抬起头，仍然用缓慢、清晰的方式告诉他：

“祝贺您完成了入职程序。测量培训部委员会很快就能审核完这些文件，您在信箱里会收到回复。如果有需要修改的地方，请您再次修改。”

“关于之前完成的《基本信息表》，我没有收到反馈信息，这是不是意味着获得了认可？”

“是的，没有消息就是最好的消息。接下来，您可以准备培训课程了，根据您在这些表格中表达的愿望。后续事宜请您到旁边的 10A 室联系相关人员，他们会告诉您接下来要做什么。”

之后，工作人员与 k 先生告别，迅速恢复陌生，面无表情地看着 k 先生，看着他瞬间变得疑惑，又看着他转身离开。

两个助手带领 k 先生到了 10A 室。这个房间同样很大，看不到边。房间最深处传来了争吵声，k 先生不知道争吵的原因，也不知道争吵的细节，只听到最后几句话，而让他感到震惊的是最后一句话：

“如果理性不能维持公平，我来城堡是为了什么，你们来城堡是为了什么？”

之后，k 先生看到了一个人，从远处的文件堆里走过来，经过他身边，扬长而去。令 k 先生感到惊奇的是，这次争吵没有干扰到房间里的任何人。没有人关心，没有人疑惑，没有人惊奇，甚至没有人抬头张望，他们好像把这次争吵当成了一阵风、一片云，或一片被风吹落的叶子。

k 先生走到最近的工作人员面前，用冷静的语言陈述了自己的目的。那个人没有抬头，他正在填写《关于表格填写的规则（修订版）》，上面还有三个空白格子。k 先生只好等着，等着他逐一填完。

“您是 k 先生吧。很久之前，我就接到了城堡的消息，一直在等待您的到来。我以为您不会来了，或者放弃了这个职务，像刚才离开的那个人一样，他拒绝填写入职表格，想要直接开始培训工作，但城堡里没有任何一项制度允许这样做，所以他只能选择离开。”

k先生听到这种解释后，对那个人充满了同情，因为刚刚看到那些表格的时候，他也有过离开的想法。但他用最大的力气将不合时宜的同情隐藏了起来，面容看起来一如既往的冷静，冷静的眼睛、冷静的鼻子、冷静的头发，还有处在等待状态的冷静的耳朵：

“您已填完所有表格。这是一次城堡制度的洗礼，经受过洗礼的人才能获得工作机会，才能融入城堡。接下来，您可以准备培训课程了。至于测量培训部委员会的建议，这一点请您放心，他们对于来这里工作的人的理性与情感状况是充分信任的，一般不会提出过分的要求。所以，您的第一节课是在下星期一，每星期三次，持续两个月，最后一节课是培训生测试。测试结束后，您要填写三份表格：《学习情况测量》《测量与城堡前景》《身体与测量的关系（修订版）》。”

之后，工作人员抬起头看着他，静止了好一会儿，然后降低声音，听起来十分神秘，就像变了一个人：

“k先生，我之前收到一份单方向的文件，是城堡委员会发过来的，我知道，您也知道，但其他人都不知道。这份文件赋予您三个特权：一是可以自由查阅测量培训部的所有资料，没有任何限制，二是可以开设自己想要开设的所有课程，自主决定讲授的内容，没有任何限制，三是可以选择重点培养的培训生，没有任何限制……”

这时候，有人从远处走来，工作人员瞬间沉默。等那个人过去后，他再次压低声音，并向 k 先生走近了一些：

“这是您的特权，之前从来没有人获得这样的特权。您已经填完所有的表格，这些特权就可以启动。我再次向您申明，并希望得到您的承诺。您可以自由使用三个特权，但不可以说出来，不能对任何人说出来，不能对任何东西说出来，包括桌子、椅子、镜子、衣橱，以及您走路时经过的花草树木，也不能对着风和雨说出来。”

之后，工作人员蹲下身，扭动一个保险柜的旋转锁，向左、向左、向右、向右、向左、向右、向右、向右、向左……一开始，k 先生还能看清楚，甚至可以区分旋转的度数，但很快他就放弃了。他移开眼睛，看着正前方。工作人员将一份文件放在桌子上，这份文件看起来有些特别，第一页是手写的红色字：城堡单方向文件。第二页只有三行红色的字，也就是刚才他听到的内容。根据城堡制度的要求，他在右下角签上了自己的名字。工作人员立刻从桌子上的工具箱里拿出一把小刷子，蘸入红色墨水瓶，又拿出来，将那份文件涂红，所有的字体消失了。之后，工作人员向他说明了关于城堡的一个常识：

“所有人都是透明的，这是城堡的规则。我想您在填写表格的时候已经认识到这个规则，您也一定向城堡展示了透明的自己。但城堡里也有例外，或者说有一些不透明的地方，例如单方向文件。您又与这类文件有关，所以您也是例外的，至少在读这份文件的时候是例外的。但城堡的规则是最高的规则，即使是例外的也是透明的，所以您还是透明的。”

四

土地测量培训纪事

k 先生稀里糊涂地走出 10A 室，被一层又一层惊奇覆盖着，或包围着。他不明白那个工作人员的话，所有人都是透明的，他也应该是透明的，但又有例外，而城堡的制度是最高的，所以例外的也是透明的。他不知道应该怎么办？透明是什么意思，例外是什么意思？他要做一个透明的人，还是做一个不透明的人？什么时候透明，什么时候不透明？

在测量培训部一楼的长廊里，k 先生与很多人迎面而过。他不再拒绝将他们看作符号，也不再拒绝别人将他看作符号。在这里，一个人可以是 a 或 d，也可以是 t 或 w，或者在一个时刻是 q，在另一个时刻变成 m 或 p。尽管如此，他依然不知道如何将这些符号既看作是透明的，又看作是不透明的，他也不知道是向这些符号展示透明的自己，还是不透明的自己。透明显然不是赤身裸体、一丝不挂，也不是喋喋不休地吐露自己的内心，那么透明是什么意思？是对城堡制度的绝对服从，或是虔诚地、毫无保留地皈依制度？这个想法有道理，但他仍旧不确定。他唯一确定的是，他觉得自己变成了一个孤零零的人。

除此之外，k 先生还有一种感觉，那些与他迎面而过的，被他落在后面的，或超越他的也都是孤零零的人。他不否认他们都有自己的目的，这些目的可以驱逐无聊、空虚、失落，但当这个目的成为全部，他们就会生活在目的主义中。原因消失了，过程消失了，只剩下目的，目的又变成了一切。每个人都拥抱着一个目的，这个目的就会慢慢变大，或者说他们在变小，以至于消失不见。

在不知不觉中，k 先生回到了工作室。关上门后，他看着空荡荡的木桌子，所有表格都填完了，他突然觉得像是经历了一个伟大的时代。下一次，那些表格还会出现在这张桌子上，但对于他来说不再是难题。现在，他有了全新的目的，一个值得努力的目的。无论这个目的以后是否会让他消失不见，但在这个时刻，他获得了充足的确定性。

k 先生刚坐在木椅子上，准备即将开始的培训课，就听到了敲门声。那个声音很独特，他以前从没有听到，既不是助手在敲门，也不是工作人员在敲门。“咚咚咚……咚咚咚……”，听起来既响亮，又冷漠。他向后挪动木椅子，站起身去开门。门外站着一个与他几乎一样高，一样年龄的人：

“我是土地测量课程主事。”

k 先生看着他。他与城堡里的那些男人长得很像，又有些不同。k 先生好像记得在测量培训部的某个地方见过他，可能是在走廊里与他迎面而过，在交错的一刻，他看了过来，像一个没有区别性的符号，但 k 先生确定那个看过来的人一定是他。

“祝贺您填完了所有表格，正式在测量培训部工作。在城堡里，表格是一种源于制度的注视，也就是城堡力量的象征。在机器的节奏中，上帝消失了，一个新时代就此开始。请原谅我这么说，因为还有一些信仰上帝的人，而且很虔诚，但我们正在被机器控制。机器虽然没有说自己要变成新的上帝，它们却比上帝更有力量，没日没夜地工作，像魔法一样改变了这个世界。我们必须服从机器，并为此调整我们的行为，还有身体。有些人不想让机器成为新的上帝，所以来到了城堡，一个制度的世界。对于我们而言，表格是制度的象征，所以我们虔诚地填写表格，就是对于伟大理想的皈依。有人说我们是制度的虫子、制度的玩偶、制度的幽灵、制度的马屁精，心里只有制度，为制度抛弃了情感，甚至为制度改变了远古的人性，但我们又能怎么办？对于我们这些不知来路、不知归途、在这里汇聚的陌生人，除了表格，我们还能用什么展示我们的存在？”

k 先生本想邀请他进来，还没来得及说出口，就陷入了课程主事的逻辑，一个无可辩驳的逻辑。k 先生觉得他说得没错，在资本主义蔓延的时代，这个世界上出现了一群被机器支配、驱赶或胁迫的陌生人。他们身处这个时代的开端，就看到了这个时代的终点，所以一切不再陌生，一切也不再新奇。他们不希望这个终点如期而至，总是在渴求出现点偏差，然后获得一些意外之喜。但在机器的催促中，他们的确没有什么办法。

k 先生觉得课程主事的话是对的，又觉得其中有一种隐秘的坚硬，像机器的铁轮子一样坚硬。他想反驳，哪怕说一句话也行，却始终没有机会，只能在坚硬的、无可辩驳的逻辑里越陷越深。

“我是土地测量课程主事，但您无需服从我。在城堡里，没有任何一个人应该服从另一个人。我们之间是相互的责任，您对我有责任，就像我对您有责任一样。这种责任源于城堡里的制度，而不是人类的情感。我们进入城堡，一定是因为对于美好生活的希望。有时候，这个希望是遥远的，就像我们从远处看着城堡一样。然而，当我们看到了表格，这个希望就是亲切的；当我们填完了表格，这个希望就是具体的。所以，我们的责任是好好填写表格，用虔诚之心、恭敬之心填写表格。”

说到这里，课程主事停顿了一会儿，因为口干舌燥，或是因为走廊里来了两个人。等到两个人像字母表里的符号一样经过，他又接着说下去：

“k 先生，请原谅我的中断。您知道，测量培训部里的每个人，还有城堡里的每个人，他们心中的情感已经消失，或者说非常微弱，他们的理性却变得敏锐、精确。他们好像变成了巨大的眼睛、巨大的耳朵、巨大的手，然后获得了奇异的能力，能根据细微的迹象发现无尽的秘密。您一定听说过测量培训部刚刚恢复，此前城堡主事对这里不满意，我们也不知道究竟是为什么。我们全心全意地遵从城堡里的制度，认真填写表格，以此说明我们对于制度的信任，对于城堡的信任。但在一个忙碌的早上，我们收到了测量培训部就此解散的文件。我本来不是土地测量课程主事，以前的主事已经失去培训资格，然后就消失了。不久前，测量培训部恢复了，我接替了他，担任土地测量课程主事。我时刻觉得制度就在我的身边，我敬仰测量培训部的所有制度，就像我敬仰城堡一样。我经常做同一个梦，在这个梦里，我感觉自己就是城堡的象征，为了制度而存在。”

k 先生有些吃惊，他不知道测量培训部里的其他人是否都这样想，但他没有表现出任何一点惊讶，仍然安静地看着课程主事，等着他说下去，就像等着一个谜慢慢地展开。

“我这样说，您可能会感到吃惊。但在城堡里，我们不应该感到吃惊，更不能因为吃惊而迷惑，因为城堡里的一切都是透明的。只要想到城堡里的制度，看到城堡里的制度，一切也都是明确的。对于土地测量课程，我想您的工作思路一定是清晰的。根据城堡制度，每个来这里工作的人都是一种功能的象征。他进入城堡，一定是为了增加城堡的确定性，而不仅仅从这里获取确定性，包括那些上课的培训生。您可能以为他们仅仅是在这里学习，那您可就错了。他们每天只有少数时间在这里学习，其余时间要去城堡身体研究中心整理资料，负责记录机器时代之前人类的身体行为。一些培训生从考古学的角度研究这个问题，也就是根据古代绘画、工具等想象那个时代的身体行为。另一些培训生从语言学的角度研究这个问题，根据某个群体使用的文字，想象一个时代的身体行为。除此之外，还有医学角度、心理角度、技术角度，以及测量角度。您熟知土地测量学知识，我对您的工作充满了期待。为了表达我的期待，我会择机旁听您的课程，作为一个符号，像城堡里的其他符号一样，所以您完全可以忽视我的存在，或者将我当作制度之眼。我很乐意别人称我为制度之眼，因为我热爱制度，愿意为制度付出一切。尽管在城堡里，‘热爱’这个词是不允许说的，但我的确没有发现什么词能表达我的意思，所以我想您不会介意。”

说到这里，课程主事扭头向走廊看了看，没有一个人经过，也没有任何其他声音。之后，他转过头，看着k先生：

“我已经看了您填写的表格，别问我为什么能看到。城堡里的一切都是透明的，但每个人不能看到所有的透明，而是局部的透明。城堡主事知道城堡里的一切应该是透明的，他的视野所及之处也的确是透明的，但视野之外是不是透明的，他并不清楚。以前，他坚持认为视野之外也是透明的，现在却不再这样认为。然而，他如何证明自己的判断是正确的，或者说如何证明视野之外不是透明的？我既然看了您的表格，就不会推测里面的内容，然后妄加判断。我可以很明确地告诉您，您的《总体计划》和《分类计划》有些不合时宜。当然，您可以坚持您的愿望，在土地测量学之外讲授其他问题，例如资本主义测量学、殖民主义测量学、种族主义测量学，或是人性测量学。测量培训部鼓励创造精神，但以前从来没有人这样做过。上任主事有这样的愿望，然而很快就离开了。在这个奇异的陌生人社会里，每个人都可以根据自己对于制度的理解去实践制度，每个人也要为实践的结果负责。这是‘自由’的内涵，至少在城堡里，‘自由’是这样的。”

听到这里，k先生感到了一丝忧虑，课程主事像是在警告他，至少是在暗示他。尽管他提醒自己，城堡里一定没有压迫，尤其没有那种隐秘的压迫。但他还是无法驱赶自己的忧虑，课程主事的确更有地位，比他更接近制度，更能代表城堡，也正因为如此，他应该不会有压迫的愿望。在城堡里，一切都是透明的，至少视野之内是透明的，即使有科层制度，科层制度也应该是透明的。在布拉格生活时，他十分熟悉科层制度的力量，既能将一个蠢人变成英雄，也能将一个英雄变成一无是处的流浪汉。科层制度能保护那些言听计从的老实人，但也准备好了对付他们的千百种方法，例如以赞扬的方式削弱他们的理性，以批判的方式扰乱他们的情感，或用名正言顺的理由剥夺他们休息的权利。然而，这里是城堡，一个制度所造就的透明之地，一个关乎现代主义前途的试验场。所以，他决定不为这个问题而忧虑。

k 先生站在工作室门前，看着课程主事转身离开，像字母表里的一个任意符号，A、F、L 或 R。他不知道他会去哪里，就像不知道他从哪里来。k 先生也不知道他来这里的目的，就像不知道以后他会给自己制造出什么样的困惑。所有这一切，k 先生都不知道。他甚至不知道自己应该感谢这些即将到来的困惑，因为这些困惑让他下沉，他会在下沉中发现城堡的秘密，并由此成为更深刻的人性测量员。

相比于填写表格的日子，准备课程的日子过得很快。k 先生每天去测量培训部图书馆，从黎明到日暮，翻找各类文献，摘抄、评论。短短几天，他就确定了课程思路，而且相信这个思路不但能实现自己的愿望，也能实现城堡主事的愿望。

休息期间，k 先生也会偶尔想一想，这是不是他渴望的自由自在？收到城堡聘书之前，他就渴望自由自在的生活。在小村子停留时，这种渴望依然强烈。而现在，他已经进入城堡，变成了一个符号。有时候，他觉得这就是他渴望的自由自在，有时候又觉得不是。他不知道这是不是一种无法表达的孤独，但他越来越喜欢这种感觉。这是一个确定的事实，因为他已经习惯了作为符号的状态，像其他符号一样站立、行走、工作、吃饭、睡觉，也像其他符号一样，习惯了目的主义的指引，心里只有目的，没有情感。他每天会遇到很多符号，不再觉得与这些符号有本质的不同。他们相向而行或迎面而过，不需要任何交流，无论是语言交流，还是眼神交流。他感到自己的理性在蔓延，好像无处不在，而情感隐藏在一个微不足道的角落，就像一只没人理会的小狗。它刚出生不久，带着一身奶气，在那个角落呼呼睡。

人类是语言的精灵，相信语言能表达很多东西，但他们也得承认语言无法表达最深刻的孤独。有时候，被这种孤独包围的人会陷入一个无限下沉的诅咒。在这个诅咒里，一切都在下沉。但k先生觉得如果自己有一天下沉，一定比周围的一切下沉得还要快。所以，他要学会用微笑表达孤独，用虔诚表达孤独，或者干脆放弃自己，去拥抱孤独，像拥抱那只刚出生的小狗一样。

在布拉格时，孤独曾经是k先生思考现代主义的角度，但他不喜欢孤独，总觉得孤独是一种罪。而现在，他接受了孤独，将之看作是高贵的朋友，或者说他已经超越了孤独，超越了各种类型的孤独，然后进入一个更神秘，也更真实的层次。这究竟是一个什么样的层次，他并不知道。

在恍惚中，k先生听到土地测量班的铃声响了。这个铃声每天都要响好多遍，但这次是为他而响。

k先生快步走进培训室，穿着一直没有换洗过的衣服，像个流浪汉。培训生看着他，充满了疑惑，一个穿着破旧的培训员竟然如此自信。他们已经习惯了衣着肃穆、头发整洁的人为他们上课，哪怕这个人目光呆滞、言语僵化、思想陈旧，这些都没有关系。而让他们更加疑惑的是，k先生竟然没有带白棉布。根据测量培训部的制度，每个培训员都要提前准备白棉布，将授课内容写在上面，可以用黑墨水，也可以用红墨水。几乎所有培训员都背着一个棉布捆，或粗或细，提前到达培训室，将棉布展开，按顺序挂起来。

有些培训员非常喜欢白棉布，因为他们知道自己要讲什么，不必惊慌，而且能多次利用。培训生也非常喜欢白棉布，因为他们可以忽略培训员，直接面对知识，即使这些知识已经陈旧。他们可能并不喜欢某个培训员，因为他呆板、迟钝，像一块木头，但他们可以完全忽视他，将白棉布上的文字逐一抄录，获得既真实又虚幻的确定性。测量培训部委员会更喜欢白棉布，因为一切是透明的，一切是可以预测的，所有的培训内容清晰可见。为此，土地测量课程主事甚至称之为“伟大的棉布主义”。

k 先生穿着破旧的衣服，空手而来。培训生对此既震惊，又好奇。他们在土地测量班学习了很长时间，这是第二次见到没有带白棉布来上课的人，上次的那个人已经成了一个谜。后来，他们听说他被驱逐了，不只是因为不带白棉布，但也可能仅仅是因为不带白棉布。

k 先生站在讲台上，像一个落魄的流浪汉，甚至没有抬头看看下面，所以不知道有多少培训生。他对此并不关心，伸手取了粉笔，转身在黑板上写了几个字，“测量与存在”，然后转过身，低着头，仍旧没有抬头看下面：

这是我在测量培训部的第一节课。我不知道我会在这里上多少节课，但我知道无论什么课，第一节很重要，在很大程度上决定了你们为这个空间、为这段时间赋予什么样的意义，或者说这个空间、这段时间能为你们的生命赋予什么样的意义。自由自在是人类的伟大理想，我们能为这个理想做些什么，我会在这节课上说清楚。培训课程结束后会有测试，对各位而言，这是很重要的问题。测试之后，你们会得到一个数字。这个数字与其他数字会决定你们能否继续留在城堡里，或是去城堡的哪个地方，是物质生产区、物质交换区，还是精神生产区、心理平衡区、记忆管理区。这个问题需要你们自己决定，但我能决定的是你们会提前知道测试题目。你们看看黑板上的问题，“测量与存在”，这是第一个测试题目，你们会在试卷上原原本本地看到这个题目。我不知道你们会怎么回答，但有一点很重要，你们不能满足于重复我的观点，你们要有自己的观点，不只是不同于我的观点，而是要超越我的观点。这里是“制度之城”，但城堡要存在下来，需要的是创造精神。什么是创造精神？我觉得首先应该是不同，与这个世界上的所有观点都不同，包括我的观点，甚至是你们昨天还在坚持的观点；其次是超越，超越一切，超越我的观点，超越城堡里的观点，也超越城堡之外的观点。

说到这里，k先生第一次抬起头，他看到了很多眼睛。这些眼睛分为两类，一类是被好奇心主导的眼睛，一类是被测试目的主导的眼睛。除此之外，他还看到了一双非常锐利的眼睛，在最后一排。他不知道这双眼睛是因为什么而锐利，却能感觉到这是一种注视，一种源于制度，或其他什么力量的注视。他不知道这种注视对于其他培训员意味着什么，是压迫的力量，还是温暖的宽慰。对他来说，这个问题并不重要，因为他想到了城堡主事的愿望，所以期待着将这双眼睛变成进入深奥人性的阶梯。之后，他又低下头，在讲台上慢慢走，来来回回：

> 在动荡的19世纪，资本主义赶走了上帝，希望成为人类的上帝，至少在物质领域成为人类的上帝。这个目的十分隐秘，最后的结果也十分隐秘，所以至今没有人承认资本主义是人类最高的信仰，尽管很多人日日夜夜在思考资本主义，资本主义也渗入了他们生活中的每个角落，支配着他们的心理与行为，让他们为了资本主义放弃原始的温暖与情感。当资本主义成为隐秘的信仰后，人类理解世界的方式完全变了，他们不再幻想，拒绝模糊，千方百计地驱赶不确定，然后获得确定性。在这个过程中，一种全新的知识出现了，即测量学。测量学主要分为三类，空间测量学、时间测量学、人性测量学。如果用一个简单的结论概括测量学的目的，应该是我在黑板上写的这个问题，也就是测量与存在的关系。这是关于人的存在的问题。我们很难从苏格拉底、柏拉图、亚里士多德、阿奎那的作品里获得这个问题的分析角度，但我们可以从培根、笛卡尔、牛顿、莱布尼茨、达朗贝尔的作品里获得分析的角度。我们可以将这个问题归结为古代社会与现代社会的不同，也可以将之视为资本主

义对于人类社会的巨大改变。我们暂时离开这个分析角度，回到测量的本意。我想各位一定知道自己的身高、体重、衣服的尺寸，也一定知道城堡的海拔、经度、纬度、面积、形状。你们来自不同的国家，所以几乎都知道这些国家的海拔、经度、纬度、面积、形状。即使不知道或不确定，你们很快就能查到这些数字。对于现代人来说，这些数字是对于我们存在状态的表达，当然是一种数字表达。

讲到这里，k 先生又在黑板上写了一行字，“数字与存在”：

测量是一个数字问题，是人类对于空间的初步认识。除此之外，测量还是人类借助于外在标准认识自我的问题，例如测量建筑是为了理解衰老，测量植物是为了理解生长，测量水流是为了理解移动。这些测量结果最终有助于人类的自我认识，或对于人性的评估、判断。你们在这里学习，初级目的是成为土地测量员，但最终的目的是成为人性测量员，因为成为人性测量员是成为土地测量员的前提。这个说法很奇特，但的确是这样的。如果对于人性没有深刻的理解，一个人几乎无法控制数字，也就无法理解空间的意义、时间的意义。我已经在这条路上走了很多年，用我的感觉、理性和情感面对深奥的人性，有时候受到伤害，有时候陷入迷惑，有时候充满了幻想。然而，所有这一切通向的是希望。这个希望就像一个踽踽独行的生命，一路向前，中途会被绝望吞噬，但它会复活，有时候与绝望一起复活，有时候将绝望压倒，独自复活。无论如何，这是一条浮浮沉沉的颠簸之路。我始终没有放弃，是为了在资本主义完全覆盖我们之前，重新想象人类的前途。我不知道人类未来的命运会变好还是变坏，但我知道很多人已经被资本主义改变，或被殖民主义改变。人性测量学应该说明这些改变，更重要的是说明这些改变的前景，然后对不同的前景做出预测。但资本主义让人放弃想象，放弃预测，安心地活在当下，现代主义由此变成了一个弃绝过去和未来的概念。另一方面，资本主义又让人放弃情感，放弃善恶，也就是放弃反抗，然后安心地活在目的中，现代主义也就成了一种失去审美意义的坚硬……

下课铃声响了，k 先生放下粉笔，抬起头看着下面的眼睛。这些眼睛里有光，像冬夜里的星星一样闪烁着。他又一次看到了最后一排的那双眼睛，里面好像什么也没有，没有惊奇，没有冷漠，没有理性，也没有情感，就像没有尽头的虚无。他以为看到了虚无的尽头，后来才知道自己高估了对于人性测量学的理解，并且要为这种疏忽付出代价。这种代价让他在迷惑中下沉，却最终成为理解人性最珍贵的经历。

k 先生混在培训生中间，像一个没有区别的符号，回到工作室。他转动钥匙，打开门，转身关上门，坐在木椅子上，回想上课的情景。最后一排的眼睛再次出现，安静地看着他，没有惊奇，没有冷漠，没有理性，也没有情感。他不知道应该如何面对这双眼睛，也不知道这双眼睛希望得到什么。按照本来的性格，如果这双眼睛有所求，他一定会满足它们，但他不知道它希望得到什么。难道它们是害怕失去？它又害怕失去什么呢？他也不知道。

作为一个人性测量员，k先生觉得还可以仔细分析。这双眼睛出现在城堡里，作为城堡制度的认同者，一定认同制度的意义，甚至就是制度本身。这样想的时候，他隐约地知道它害怕失去什么，可能是与城堡的亲密关系，或是对于城堡的希望。但它与城堡之间有什么样的亲密关系，它对于城堡又有什么希望？想到这里，他又不知道怎么办了。

两天后，k先生再次走向培训室，两个助手一个在前，一个在后。他仍旧两手空空，什么也没有拿。正式上课前，他看了看下面的眼睛。它们都在期待着，无论是培训生的眼睛，还是最后一排的眼睛，但它们在期待什么，他已经不再关心：

> 在这节课上，我会向各位讲解测量的历史。测量是一个古老的问题，但测量方法的正式确立，以及测量意义的完全展示，并成为人类的身份基础、国家的身份基础，却是一个现代问题。之前，我在测量培训部的图书馆里查阅了法国测量历史。17世纪之前，法国并不是独立的，尤其是在理性意义上，它要附属于教权。17世纪之后，法国才成为独立的世俗国家。我们时代的历史学家喜欢从权力角度分析这个问题，但我是测量员，所以应该从测量角度分析这个问题。在法国成为独立国家之

前，法国人首先从测量的角度理解自己的国家，包括形状、尺寸、面积、边界。为此，他们有过很多次测量，包括各种目的的测量，也包括各种形式的测量。有人可能觉得这些测量没有意义，实际上却是法国成为独立国家的数字前提。1669—1670年，皮卡尔（Picard）做了多次测量，最终发现巴黎与亚眠之间的地形是一道弧形。1683年，按照国王的命令，巴黎皇家科学院测量了西海岸到地中海的距离。其中，卡西尼（Cassini），瑟迪罗（Sedileau），查泽勒（Chazelles），瓦仑（Varin），德萨耶（Deshayes），培尼姆（Pernim）等去南方测量，拉伊尔（La Hire），普特农（Potenot），勒费弗尔（Lefèvre）等去西方测量，然后汇总各类数据，计算出了最终的距离。他们的工作卓有成效，并获得了认可，所以皇家科学院很快受命测量法国的面积。

讲到这里的时候，k先生拿起粉笔，转身在黑板上写下这些人的名字，Picard、Cassini、Sedileau、Chazelles……很快，他听到身后传来一阵鹅毛笔尖滑过纸面的声音，十分密集，十分有序。每个人好像都在写，写的速度几乎一样，所以就形成了几乎一样的声音，就像一队训练有素的士兵正步走一样整齐。

k先生转过身，看了看那些写字的培训生。他们先看看黑板，然后低下头写，再看看黑板，低下头写。最后一排的那个人没有写，他一直在看，专注地看，他的眼睛里依旧没有惊奇，没有冷漠，没有理性，也没有情感。k先生仍然不知道如何回应这种注视，因为他以前从未遇到过，无论是在故乡的饭馆里，还是在小村子的酒店里。那个老板娘絮絮叨叨，眼睛里有时充满疑惑，有时充满渴望，有时充满不屑，他每次都知道如何应对她的目光，但在这里，他不知道如何应对最后一排的眼睛。他放下粉笔，左手拇指和食指上沾满了粉笔灰。他感到了一点局促，就将两个手指捏在一起，感受着粉笔灰的滑腻。等到所有培训生写完了那些名字，鹅毛笔尖滑过纸面的密集声音也就消失了，他接着往下讲：

> 此后，法国人测量自身地理状况的进程一直没有停止。在伟大的启蒙时代，他们获得了更多准确的数据，例如河的长度、山的高度，以及不同城市之间的距离。1740 年，图里（Thury）和拉卡伊（La Caille）测量了巴黎到亚眠的距离，具体数据是 57074 图阿斯（Toises），图阿斯是法国的计量单位，1 图阿斯等于现在的 1.949 米。这个结果与之前所有的测量都不同。鉴于此，1756 年 8 月 31 日，巴黎皇家科学院决定重新测量，要求测量者充分考虑大气温度对于数据的影响。在这个过程中，测量成为法国人塑造现代民族认同的数字方式。19 世纪，在受到外族侵略的时代，法国人又用测量学知识表达自己的屈辱感……

在接下来的课上，最后一排的那双眼睛消失了。k 先生瞬间觉得自在，他从测量历史讲到测量方法，从测量种类讲到测量理论，从地理测量讲到人性测量，然后在人性测量领域无限深入，从资本主义人性测量讲到殖民主义人性测量，又讲到机器时代的人性测量。他一直觉得测量应该成为一个完整的学科，即使无法超越政治、文化、经济，至少也要与这些学科一样，成为人类理解自己、理解世界的方式。

时间过得很快，在最后一节课上，k先生采用了超越政治、文化、经济的方法，从整体意义上说明人性测量学的目的：

从古至今，人类总在思考一个问题，即用什么方法表达人的存在？古代人对此很模糊，19世纪的人也很模糊，不知道用什么方法，既可以用财富，也可以用权力，但获得财富和权力的最好方法是什么？我想这是一个残酷的问题。最初，奴役与征服通向财富与权力之路，所以我们也就知道为什么战争是古代历史的主题，甚至是人类历史的主题。当人类厌倦了用奴役和征服获得存在感的时候，宗教出现了，他们看到了上帝，希望从上帝身上看到理想的自己。人类历史上的第一个世俗时代就此结束，取而代之的是神学时代。然而为了获得存在感，即使上帝站在他们面前，他们仍然没有放弃奴役与征服。所以，第二个世俗时代正式开启，并终结了神学时代，资本主义随之驱逐了幻想中的上帝，奴役与征服达到了前所未有的规模。为了更好地去奴役、去征服，测量学变成了最有力的工具，空间测量学出现了一些新方向，例如军事测量学，也就是说，在发射炮弹前计算发射角度、填装弹药量、风速和风向的影响、空气湿度与炮弹轨迹的关系等。表面上，这是一个科学问题，实际上是关于奴役与征服的问题，最终又可以归结为人的存在的问题。一些人靠炮弹获得了无限的财富与权力，然后走到征服与奴役的一端；另一些人被驱逐到财富与权力的另一端，变成被胜利者取笑的失败者。在这个世界上，人类的存在感像是一个定量，而且是一个很小的定量，自古以来就是如此。一些人要获得足够的存在感，就要争抢其他人的存在感，而且会不计代价地争抢。

k先生抬起头，突然在最后一排又看到了那双眼睛，里面没有惊奇，没有冷漠，没有理性，也没有情感，像之前一样。k先生觉得那个人坐在那里，不是作为人的身份，而是作为城堡制度的象征。然而，这个象征又与城堡主事不一样，他能从城堡主事的眼睛里看到温暖、希望、理想，但在这双眼睛里看到的是虚无。k先生有些慌乱，在慌乱表现出来前，他迅速地将之赶走。他觉得自己没有慌乱的任何理由，或者说他应该珍惜这些慌乱，以及引起慌乱的一切：

接下来，我要说一些无边的荒唐话，尤其是对于年轻人。你们的人性还在生长，很难接触到人性的所有类型，更不理解这些类型的各种变化，所以可能无法理解我的话。即使如此，我还是要给你们提出一个问题。这个问题是这门课的目的，也是你们以后要面对的，即什么情况最适合测量人性？一个有才华的年轻人，包括你们中的任何一个，在没有完全了解人性之前，怀着希望进入一个正在衰落或蒸蒸日上的行业，他期待变革，而且有变革的能力，然后信心满满地付诸实践，既不怕困难，也不怕失去。在这个时刻，他会突然间进入人性的深处。那里就像一片奇异之地，到处是欢声笑语，到处是无法言说的神秘。他睁大眼睛看着让他充满希望的一切，晴空万里，但转眼间乌云密布。在旋转的狂风中，他看到太阳伸出了光明之手，撕开黑乎乎的云，不允许它肆意妄为，然而乌云变得更密集，电闪雷鸣。在这个时刻，他会有一种感觉，最初像是坠落，然后在坠落中迷惑、失望，或绝望。我想你们以后会遇到这种情况，一种出乎意料的情况。我要提醒你们，遇到这种情况是你们的幸运，不要回避，不要退缩，也不要妥协，相反要尽情地坠落，不要在乎自己是否会摔死，因为在人性里坠落，只有自己能让自己死亡。想明白了这一点，你会喜欢这种坠落，就像风筝喜欢上升一样。之后，你会看到一个崭新的自己慢慢地出现，就像一个精灵。它看着你，安静、真诚、坦然，有时像镜子，有时像墙壁，有时像泥潭，有时像密林，有时像无边无际的海。这个时候，你好像变成了一切，也好像接受了一切。这个新的自己会成为你的朋友，你的向导，或一个梦寐以求的情人，与你形影不离。当你发现你有千言万语，却不再想说话的时候，当你发现你无话可说，像深夜里的风灯的时候，当你发现你孤苦飘零，看不到自己的影子的时候，我要祝贺你，你已经成为一个合格的人性测量员。

k先生的第一次培训课程完美结束，至少他是这样认为的。说完最后一句话后，他拿起粉笔，转过身，在黑板上写下了测试题目：

测量与存在

制度与人性

土地测量与人性测量

城堡里的数字阶层与技术阶层

资本主义、殖民主义、种族主义对于测量学的改变

当一个人即将被苦难压倒的时刻，是不是测量人性最好的时刻

写完之后，k先生远远地将粉笔投进盒子里，准确、自由，还有一点放肆，然后看着培训生认真地抄写，鹅毛笔在纸上摩擦的声音里有无限的兴奋。这是一种紧张、焦虑或压抑之后出现的兴奋，或是在不确定的命运里获得确定之神的认可后的兴奋，就像被捆在高加索山上的普罗米修斯，终有一天获得了释放一样。

五

与佩涅罗佩重逢

培训课结束的当天晚上，k 先生有一种前所未有的感觉，好像身处两个时代的裂缝里，旧时代已经结束，新时代正要开启。他不知道新时代会是什么样子，却为旧时代的结束而高兴。自从接到城堡聘书，他就陷入了一个谜，确切地说，是一个谜一样的谜，摸不着，猜不透，剥去一层还有一层。他在这个谜里向前走，希望穿过它，然而一会儿陷入虚空，一会儿陷入焦虑，一次次重复不止。

当 k 先生从培训室走出来的时候，他承认自己像个不顾一切的流浪汉，为了理想不顾一切，或为了一个忽远忽近的目的不顾一切。两个助手提议去城堡的另一边，那里有一个酒吧，是城堡里最神秘的地方，但人人都知道，包括城堡主事。有时候，他会乔装打扮，变换身份，去那里喝杯酒。k 先生有些惊奇，因为他想不到城堡里竟然有这样的地方。

“千真万确，在担任您的助手之前，我们就去过。虽然只去了一次，但我们知道它的方向。不过，我们不记得路，因为通向那里的路有无数条，有的路通向大门，有的路通向小门，酒吧到底有多少扇小门，谁也不知道。但无论到了哪个小门，都能进入酒吧，像从大门进来的人一样，可以坐在窗边，也可以坐在藤蔓深处。”

k 先生同意了。两个助手在前面带路，一边走一边告诉他另一个问题：

“我们记得去那里的方向，但实话实说，究竟要走多久，我们并不知道。我们一定会绕远路，绕了远路还不一定知道，但我们知道如果绕了远路，就要走得更久。去的时候是这样，回来的时候也是这样。即使如此，我们一定不会迷路，因为即使在深夜，塔楼上的风灯也是亮的。”

无论对于 k 先生，还是对于两个助手，这是他们进入城堡后第一次结伴远行，之前从来没有长时间陪伴过。从测量培训部出来后，他们一路奔向塔楼，然后绕过塔楼，向西北方向走去。夜色朦胧之际，他们不确定那是西北方，但走路一定比坐着不动要好，所以就向那个方向走，一刻不停。最初，他们是疾步而行，等到累了，就放慢脚步，心中的急迫感却一点没有减弱。

夜色已深，他们发现又绕回塔楼附近，所以只能调整路线，结果走到了城堡的边界，向前看是一片荒凉，向后能看到塔楼上的风灯。他们认为城堡应该是圆形的，只要沿着一个圆形走，一定能找到酒吧。他们在浓雾里走着，累了就坐在地上休息。等到筋疲力尽时，他们终于看到了一扇被风灯照亮的门。那应该是酒吧的小门，因为只容许一人出入。

他们推开门，里面听起来很热闹，却看不到人，到处是低矮的灌木，像一个庞大的植物园。k 先生仰起头，看到了乳白色的天花板，尽管有些高，但他确定这是一个巨大的空间，周围有无数的窗户，无数的门。他看到不远处有一张空桌子，就独自走过去，经过一根蜡烛的时候，差点将烛火扫灭。两个助手找到了各自喜欢的位置，转眼消失不见。他们知道还会一起回去，却不知道对方在这里会有怎样的经历。

当 k 先生坐在木椅子上的时候，他感到了一些不同。之前，他在城堡里看到的、坐过的所有椅子都是坚硬的橡木。而现在，他坐的椅子上竟然镶了一层软木，身体顿时有一种愉悦的松弛。他又突然想起来，进入酒吧时，竟然没有工作人员要求他们填写表格，或者告诉他们这里的制度。他坐在软木椅子上，既没有人问他为什么来，也没有人问他什么时候走。在这个瞬间，他觉得自己失去了身份，失去了存在感，但又觉得无拘无束、自由自在。

不知过了多久，一个工作人员来了。k 先生无法确定她在这里工作，因为她看起来与城堡里的所有人都不一样，但她的确穿着适合这里氛围的服装，一身淡色的衣服，衣服上没有任何装饰，头发上也没有任何装饰，看起来沉静、端庄：

“k 先生您好，欢迎来到‘边界之地’。我想您可能忘了我是谁，更忘了我们曾经见过，在城堡附近的那个小村子里，确切地说，是在农夫的家里。那一天，我心事重重，坐在窗边一动不动，但我并没有闲着，我在看，在听，在思考。您正巧从窗前经过，向窗子里看了一眼。那时候，我刚离开城堡，来到那个小村子。我不知道接下来要做什么，是离开还是等待，离开了要去哪里，而在那里等待，又会等到什么。我进入城堡的时候还是个孩子，作为城堡未来的期望，但我没有实现这个期望，因为我拒绝分类，拒绝冷漠，拒绝陌生，也就是拒绝城堡的原则，即理性与情感的分离。”

k先生打断了她，请她坐在对面的软木椅子上。她看起来还是那么沉静、端庄，尽管在城堡里，她的沉静与端庄像是被一层雾气蒙着，有一种让人无法接近的冷峻：

“我当然记得你，在小村子时，你是让我印象最深刻的人。我们没有说过一句话，但我从你的眼睛里看到了不同。那时候，我就想因为这种不同，你应该不会在小村子里长久待下去。”

“是的，k先生，我之所以沉默，是因为在等待，等待着改变，尽管在那个时刻，我不知道会有什么改变。您消失的消息在小村子引起了轩然大波。有人说您回家了，但您的助手没有得到任何消息；有人说您死了，却没有发现任何死亡的迹象；还有人大胆猜测您进入了城堡，但谁都没有看见。我觉得您进入了城堡，因为从我见到您的那一刻，我就觉得您应该会进入城堡。那一天，您从窗外看到我的时候，一定听到周围的人在谈论我。我已经习惯了别人对我的任何猜测、任何怀疑，但那时候，您可能还在为这些问题而疑惑。您听到有人对您说‘我们这里可没有殷勤好客的习惯，因为我们不需要客人’，我当时就在您的脸上看到了疑惑。那是因为您还不理解城堡，也不理解那个被城堡力量改变的小村子。”

k先生一言不发，安静地看着她，等待着她的话：

“您离开后不久，小村子发生了很多事。酒店地下室里多了一个人，那里的人都不知道他是谁，但我知道。酒店老板娘将酒店卖给了克拉姆，然后收拾行李永远离开了。克拉姆之所以会承包这个酒店，是因为他失去了方向感，无法进入城堡，就像您之前一样。他想了很多办法，但每次都沿着去的路回来。他想掩盖这件事，但小村子里的人很快知道了详情，然后将他当成了一个笑话。无处可去，他索性买下了酒店，没事的时候就坐在酒店门前的椅子上消遣时光。实际上，在小村子里，谁都没有怀疑他的资格，因为酒店本来是他提议建的，甚至可以说是为他而建的。在城堡里，他向来是一个服从制度的人，也是一个超越制度的人，所以他有时会说自己是制度的驯服者。然而，由于长期奔波于城堡与小村子之间，他的意识已经被城堡的力量扰乱，也就失去了进入城堡的资格。当然，您最关心的可能是弗里达，关于您和她的故事有很多版本，我认为都是无稽之谈，但我知道您会关心她的消息。她与克拉姆结婚了，专门负责酒店里的酒吧，以及酒店地下室。她对此非常满意，因为地下室毕竟是城堡的附属机构，她与城堡之间也就有了直接的联系。她是一个单纯的人，从遥远的地方来到小村子，希望进入城堡。但她出现在不恰当的时刻，也就是克拉姆从城堡里出来寻找温暖情感的时刻，然后她成了克拉姆的情人。不过，最后的结局还是让人欣慰的。克拉姆没有帮她进入城堡，却帮她实现了自己的愿望，至少是部分意义的实现。他们的婚礼是在酒店大厅里举行的。那一天，小村子的所有人都来了，都像变了样子，不再啰哩啰嗦，不再冷漠无常。我知道其中的原因，您也许还不知道。婚礼自古以来都是人类美好情感的发源地，这场婚礼也就具备了对抗城堡的力量，至少在举办的时刻是这样的。婚礼由村长主持，他首先请双方发表婚礼誓言，然后请村民代表送上祝福，最后又在热烈的掌声里，他高声宣布婚礼结束。对于小村子而言，这场婚礼的影响是巨大的，一个新时代开始了。”

k 先生想起了弗里达，那个在他最惶恐的时刻给他温暖的女人。借助于这种原始的温暖，他走过惶恐，活了下来，即使没有彻底地赶走虚无，有时候他仍旧像幽灵一样在虚无中游走，但他知道是她救了自己。进入城堡后，他偶尔还会想起她，有时候甚至想如果不是在小村子里，或者说如果不是城堡的力量干扰了小村子，即使萍水相逢，他们也可能生活在一起。

桌子上的蜡烛即将烧尽，她拉开桌子下面的抽屉，拿出一根新蜡烛，用旧蜡烛点燃，然后落在旧蜡烛上。k 先生看着她十分灵巧地完成了这一切，又抬起头看着她的脸。她的脸被烛光照亮，像他第一次见到她的时候那样沉静、端庄：

“我觉得你对城堡应该十分熟悉，甚至知道城堡里的一切。”

“当然，我的童年是在城堡里度过的，城堡塑造了我，但没有完全改变我。对于城堡里的一切，我可以视而不见，但如果我要说出来，谁也无法阻止。城堡重视理性，排斥情感，让人看起来像机器一样。但城堡不能排斥我的情感，包括我对城堡的情感。我也没有完全认同城堡的理性，因为城堡主事对于理性的信仰是过度的，像是一种幻觉。他不了解理性的早期历史，或者说即使了解也不愿意改变，宁愿沉浸在幻觉中。以前，我向他提起过笛卡尔，以及笛卡尔学派的故事。这群人是理性的奠基者，或者说是现代理性的奠基者。为了证明人类理性的高贵，他们就说动物没有理性，也没有感觉，像死气沉沉的机器。马勒伯朗士（Malebranche）是笛卡尔的信徒，他用棍子击打自己的狗，那只狗感到了疼痛，于是狂叫。马勒伯朗士竟然说‘这是机器遇到撞击时发生的现象’。动物的感觉被彻底忽视了，动物活体解剖从此畅行无阻，并成为完善现代理性的实践基础。然而，对于这样的理性，我们怎么能对之虔诚地信仰呢？城堡主事可能没有认真地听我的讲述，或者有其他打算，所以依然如故。我对此毫无办法。”

说到这里，她站起身，要暂时离开一会儿，因为刚才来了一些人，又走了一些人，她要去收拾一下。k 先生看着她离开，看着她的影子在地面上快速变化，在烛光的照射下从短到长。一个让他无法忽视的问题是，他在她身上感受到了温暖，一种在城堡里几乎绝迹的温暖。这种温暖让他想起了妈妈，当然是那个幻想中的妈妈，也让他想起了自己作为人的真实状态。但他知道，而且知道她一定也知道，他们应该隐藏心中的温暖。这里虽然是边界之地，但仍旧是城堡的附属地，这里的人都来自城堡，之后也会返回城堡。他们是为了获得温暖才来这里的，但离开时，他们一定会隐藏这种温暖。

不一会儿，她回来了，像一阵风一样，然后轻轻地坐下来，整理自己的衣袖。k 先生等待着，一直等她整理完自己的衣袖：

“你对城堡不满意，所以离开了城堡，但你为什么又回来？当然，小村子不是久留之地，但你可以离开那里，去新大陆。”

“新奇不能再诱惑我，因为所有的新奇都是短暂的。我承认新大陆让人感到新奇，但那是很快就消失的感觉。当这种感觉消失之后，我觉得我还会向往城堡里的生活。我这样说，您可能会感到疑惑，但这是事实，因为城堡是一个人性实验场。有人可能会说这是一个荒唐的实验，理性和情感怎么能分裂呢？纯粹的理性难道就是好的？他们从历史上找到了很多例子，说明纯粹理性所导致的灾难。我不回避这个问题，实际上，我不知道如何回答这个问题，甚至好多次陷入其中。我在城堡里生活了很多年，我的情感破碎了又重圆，反复好多次；我的理性破碎了又重圆，反复好多次；我的道德破碎了又重圆，反复好多次。我还记得我是个小孩的样子，但那个孩子再也认不出我的样子。我与注视着我的这个孩子仿佛不再有关系，因为我是从破碎中来，而不是从她的身体上长大的。当然，我与您不同，我知道来城堡的路，只要我想进来，我就能进来。我可以迷惑我自己，但没有什么能迷惑我。我可以变成一个模糊的人，一个在情感与理性之间徘徊的人，我也可以变成一个具体的人，所有的神秘都会在我面前消散。我可以去印刷厂工作，像一个沉默的符号；我也可以去测量培训部工作，作为城堡制度的实践者。即使在那个小村子里，我的语言不会混乱，我的情感不会混乱，我的理性也不会混乱。当小村子的所有人都陷入了混乱，乱七八糟地说个不停，却不知自己说了什么，也不知道自己需要什么的时候，我仍然知道我是谁。当我再次进入城堡，作为一个具体的人，或一个没有区别的符号，我还是知道我是谁。而您不同，当您成为一个具体的人，您可能会失去自我意识。即使没有失去自我意识，您也会觉得受到了忽视、冷落或贬低。这是一种关于存在的负面感觉。城堡里的很多人觉得自己明明活着，他们的心在跳，耳朵在听，眼睛在看，但他们又觉得自己是不存在的。如果要逃离这种感觉，一个办法是将自己变成所有符号中的一个，也就是说变成群体性的存在，有时候像风一样，有时候像水一样，所有符号群起而动，每个符号都能得到群体的温暖，但他们也会失去具体的特征，甚至不知道已经失去了自我意识，也就不会感到虚无。在城堡里，存在与虚无的关系已经消失，无论是存在的还是虚无的，都是绝对的。但对于城堡之外的一些思想家，他们不会有这样的体验，所以觉得存在与虚无是人类要面对的第一问题。在这个问题中，他们总想回避虚无，然后获得存在感。”

k 先生一言不发，安静地听着，等待着她的话：

“我希望有机会请那些深奥的思想家到城堡里走一趟，哪怕是短期访问，他们也会改变自己的观点，至少不再那么执拗，非要将存在与虚无对立起来。他们会看到城堡里的一切精确对应，严丝合缝，没有什么是多余的，没有一个多余的机构，没有一个多余的人，没有一个多余的房间，甚至没有一张多余的纸。所有一切相互连接，步调一致，节奏一致，组成了一个庞大的机器，按照事先确定的规则高效运转。这既是存在的状态，也是虚无的状态，因为他们有时候觉得可以把握一切，有时候又觉得一切都不可把握。当然，我承认在这个情感被驱赶，理性成为第一准则的地方，一些缺点会显示出来。每个人都有自己的目的，旧的目的消失了，新的目的又会出现，工作是目的，休息也是目的，走路是目的，站着也是目的……他们每天都很忙碌，为了一个又一个目的而努力，去维护一些他们所信仰的道理。有时候，他们觉得这些道理并不重要，重要的是时时刻刻生活在目的里。这些目的与他们有关，又好像与他们无关。他们可能觉得有理由陷入迷茫，但纯粹理性又会提醒他们没必要自寻烦恼。所以，城堡里并非没有焦虑，相反与外面的一样多，只是因为城堡里的人有克制焦虑的能力，所以一切看起来是平静的。凡是能进入城堡的人都是有理想的，而且在一些方面有杰出的能力，对于人类历史的理解也很深刻。相比于古代人，这些现代人才是真正古老的人，深奥莫测。所以，他们总觉得那些出现在人类历史开端的人像小孩一样，天真无比，赤诚无瑕。而城堡里的人心里即使燃烧着火，面容却那么冷静。然而，冷静并不意味着理性，他们可以赶走情感，却不意味着他们的理性就是纯粹的。相反，他们有时不知道自己是谁，或者根本不关心这个问题。这是一种无言以表的迷惑，是现代人区别于古代人的心理状态。您已经在城堡里生活了一段时间，所以对这些问题可能已经有了一些认识。您看看自己的助手，在没有目的的时候，他们就像沉默的木头、冷冰冰的石头，经常语无伦次，不知道要做什么。您可能对他们不满，但这是纯粹理性的要求，也是城堡制度的要求。您可能对他们的面貌还有些迷惑。他们本来长得不一样，但现在看起来几乎一样。他们的动作同样敏捷，说话时的语法结构几乎一样，他们的体重差距也在减小。我记得他们刚到城堡的时候，一个很胖，一个很瘦，而现在他们能穿同码的衣服。您应该记得小村子里的酒店，经常去那里的人也几乎长得一样，扁平脸庞，额头、颧骨、下巴突出，面颊多肉，少言寡语，观察外界时总是用淡漠、冷静的眼神。城堡对外不断散发着力量，已经彻底改变了小村子里的人。而酒店与城堡的关系更密切，也就更能体现城堡的影响。”

听到这里，k 先生对于城堡的了解已经超出了城堡主事的描述。这时候，他顺势提到自己对于城堡主事的看法：

“我知道城堡主事的一些特点，例如他是理想社会的信徒，十分熟悉马克思的作品，而且像马克思一样，对于日益蔓延的资本主义制度充满了忧虑，然后希望用美好的理想抵消普遍蔓延的忧虑。但我觉得他很难实现自己的理想，也很难缓解自己的忧虑，因为他的心里有两个自己，两个相互对抗的自己。第一个自己是以前出现的，一个破坏性的角色；第二个自己是之后出现的，一个忏悔性的角色。如果说他还有机会实现自己的理想，那么第二个自己一定要打败第一个自己。”

“您说得没错，但这不是城堡主事的全部。我之所以这样说，是因为我了解他。我很小的时候就来到了城堡，经常在他的图书室里玩，看到了很多藏书。那时候，我不知道这些书的意义，但现在知道了。这是我难以离开城堡的原因，因为我知道他在想什么。他认同马克思的观点，也想成为罗伯特·欧文，而且要成为一个不会失败的罗伯特·欧文。”

第二根蜡烛即将烧尽，她又拉开桌子下面的抽屉，拿出新蜡烛，像之前一样点燃，然后落在旧蜡烛上：

“您可能还不知道我的名字。我与城堡里的其他人不同，我有自己的名字，是城堡主事给我起的。那天，他在塔楼的图书室里看《荷马史诗》，突然间看到了我，就说你以后叫‘佩涅罗佩’。从此之后，他一直这样叫我。起初，我不知道这个名字的意思，等我知道了这个名字的意思，我就理解了他。他在人性的海洋上漂泊，有时清醒，有时糊涂，像奥德修斯一样，不知道自己会去哪里，但他始终幻想着回到佩涅罗佩身边。我知道我不是《荷马史诗》里的佩涅罗佩，而是城堡主事想象中的符号。对他来说，真正的佩涅罗佩是制度，他热爱制度，就像奥德修斯热爱有血有肉的佩涅罗佩一样。但他又不同于奥德修斯，因为奥德修斯最后回到了佩涅罗佩身边，而他不知道能不能实现自己的愿望。这个边界之地流传着一些关于他的趣事，我不知道这些趣事是如何来到这里的，但都是真的，因为我了解他的过去。他从小就失去了父母，而他是父母唯一的孩子，那时他还不到十岁，像我进入城堡时的年纪一样。”

说到这里，佩涅罗佩低下头，泪水顺着她的面颊往下流，被烛光照亮。k 先生没有打扰她，而是安静地等待着。她抬起头，面容还是那样沉静、端庄，看不出一点儿悲伤：

“抱歉，k 先生，我是战争的弃儿，我的父母在战争里死去了。我没有见到他们最后一面，所以我一般不说他们死了，我还在等他们，从十岁等到二十五岁，或许在我三十岁的时候会与他们重逢。我一直这样想，也愿意将重逢的时间往后推，四十岁、五十岁、六十岁、七十岁，只要能重逢，什么时候都行……请原谅我跑题了，我们本来应该谈论城堡主事，不过我这样说，是为了说明我和他之间有本源性的心理共鸣。小时候，他也失去了父母，不得不四处流浪，掏过烟囱、下过煤矿、卖过衣服、种过棉花，还曾在船上当过侍从，以此挣取去新大陆的路费……后来，他靠棉布发了财，成为远近闻名的商人。但他喜欢马克思，经常向我展示马克思的观点。有些话我都记住了，例如‘把农业和工业结合起来，促使城乡对立逐步消灭’，‘按照总的计划增加国营工厂和生产工具，开垦荒地和改良土壤’，‘如果人只是为了自己而劳动，他也许能成为有名的学者、绝顶的聪明人、出色的诗人，但他决不可能成为真正的完人和伟人’，‘对所有儿童实行公共的和免费的教育，取消儿童工厂劳动，把教育同物质生产结合起来’，‘良心是由人的知识和全部生活方式来决定的’等等。当然，他也不否认自己正是马克思所批判的阶层。他本来一无所有，然后在资本主义时代发财致富，成为人上人。他有时候会为此懊悔、纠结，因为他是个理想主义者，一个命运多桀的理想主义者，总是被现实主义俘获，然后陷入惶恐，思前顾后，内心不安。这可能是由于失去父母的缘故，也可能是源于理想与现实的冲突。在反复的冲突中，他几乎要分裂了。他知道自己的理想，却总是违背自己的理想。这应该是迫不得已，因为他要活下来，而且是在违背理想的现实世界中活下来，不得不将自己伪装成一头凶猛的怪兽。他一定不喜欢这种反复的冲突，但我觉得这种冲突让他彻底理解了人性。他是个天生的理想主义者，所以不会用理想主义隐藏现实主义，也不会被现实主义的枷锁捆绑一生，更不会被现实主义埋葬。他听从了内心的声音，在晚年回归本性，建造了城堡。很多人不理解他为什么建造城堡，就像不理解他的惶恐，或者不理解他对于人性的感受一样。然而只有理解了他，我们才能理解城堡的意义。”

听到这里，k 先生像是看到了光，尽管是一点微弱的光，却照亮了他的存在，或者说让他感受到了自己的存在，因为他知道了为城堡主事工作的价值。与理想主义者同行，结果虽然并不确定，却总是让人充满希望。有时候，这个希望像那点微弱的光一样摇摇晃晃，但他不再觉得孤独，也不再觉得迷茫。

佩涅罗佩安静地看着 k 先生，清晰地感受到了他的变化：

“城堡里一直流传着一句话：‘上帝说要有光，于是就有了光；上帝说人性是深奥的，于是就有了制度。’我不知道这句话的后半部分是谁说的，或是从哪里来的，但我知道这句话里应该包含了两个上帝，第一个上帝我们都知道，但第二个上帝是谁呢？有人说还是第一个上帝，也有人说是城堡主事，因为他信任制度，相信制度让人性变好。我不确定他是不是这样想的，但我确定他是这样做的。他耗尽资财，建造了这个奇怪的城堡，我觉得他的确有点像欧文。欧文建造了新和谐公社，是为了创造一个崭新的社会，把愚昧、自私的社会变为公正、开明的社会。与欧文一样，他认识到人是自私自利的，也承认人会千方百计地谋取利益，这是无法改变的事实，甚至是人类社会进步的动力。但他又觉得制度能够限制那些不公正的愿望，至少使之看起来是透明的，谋求利益的欲求也就不再是恶的根源。在城堡里，您会发现制度对于人的影响，您也会发现很多人将制度看作是伟大的信仰。但凭着我们女人的敏感，一些拥护制度的人可能是骑着制度的人，他们隐藏了自己的情感，也隐藏了自己的野蛮。实际上，在进入城堡之前，他们就希望用这样的方式谋取利益，而在城堡里，他们得到了这样的机会。所以，他们是穿着理想主义衣服的现实主义者。我并不讨厌真正的现实主义者，他们很自私，也很坦诚，竭尽全力，是为了生活得更好。但我讨厌那些穿着理想主义衣服的现实主义者，他们背叛了理想主义，也背叛了现实主义。他们披上理想主义的衣服时，就开始了表演的艺术。这的确是一门艺术，一门难以模仿的艺术，他们可能天生就会，也可能是历经磨难之后学会的。但无论如何，披着理想主义衣服的现实主义熄灭了理想主义，也让现实主义蒙羞。在城堡里，如果只有扭曲的现实主义，没有真诚的理想主义，城堡主事所做的一切就不会有意义。而另一方面，如果现实主义驱逐了理想主义，或者使之变成虚假的理想主义，城堡就会坍塌。对于这个问题，我没有陷入彻底的悲观，因为这样的人在城堡里很少。但我之所以有些悲观，是因为几乎所有人都遵守制度的时候，只要出现一个这样的人，城堡也可能会坍塌。在一些时刻，扭曲的现实主义会有极大的破坏力，让人相互怀疑，让人失去希望。”

第三根蜡烛即将烧尽，佩涅罗佩又拉开抽屉，拿出新蜡烛，像之前一样点燃，然后落在旧蜡烛上：

“在城堡里，一切都是理性的。每个人都要驱逐情感，理性地活着，理性地观看，理性地倾听，理性地说话，理性地触摸。但我没有必要对您隐瞒，因为您可能已经有所发现，一些人实际上并没有完全驱逐情感，而是隐藏了情感。人类这个物种很奇怪，他们即使千方百计地隐藏情感，有时候仍然会显露出来。这个边界之地有一个书写空间，您往藤蔓的最深处看，那里有很多木架子，还有一块黑板，来这里的人可以将自己的想法写在上面，也可以将自己的稿子放在木架子上。我相信在那里您会感到吃惊，即使您已经驱逐了情感，或者学会了隐藏情感的方法，仍然会感到吃惊。”

之后，佩涅罗佩不再说话。k 先生安静地看着她，就像看着一个期待从远处走来，然后看着这个期待慢慢展开，就像此前城堡主事看着他的时候一样。k 先生想要说明自己来城堡的原因，但他不知道是如实说明，还是模糊地说明，因为他不知道怎么回答才符合边界之地的要求，所以他决定沉默。

“我知道您为什么进入城堡。上一次，在我离开城堡前不久，我就听城堡主事提起过，所以我知道您的一切。在小村子的时候，您看到了我，就像看到了一个陌生人，而我知道您的一切。但我知道城堡的规则，所以什么也不说，您说这是不是有些神奇？今天时间不早了，刚才离开的那个人通常是最晚离开的，而您比他离开得还要晚。分别之前，我想和您一起去看看那个隐秘的角落。”

他们一前一后走向边界之地的深处。k 先生看到了那块黑板，又看到了黑板后面的木架子。他走入木架子中间，上面摆满了很多手写稿，有厚的，有薄的。他随意抽出了一本，然后坐在旁边的软木椅子上，认真地读了几页。这个稿子写得很好，用含蓄的方式说明了城堡的责任，并详细地记录了城堡景观，包括人的行走、观看、衣装，还有街道设计、建筑风格、工作情况等等。如果有一天，城堡消失了，读到这个稿子的人就可以想象城堡的样子。他还发现这是一部纯粹理性的作品，几乎都是客观描述，很少使用形容词，也没有情感的痕迹。只有最后一段展示了作者的态度，但他觉得恰如其分，而且深感认同：

“这部作品的写作背景是义和团事件。八国联军在中国横行无忌，打着正义的旗帜。那群赤膊上阵的汉子虽然有些鲁莽，却是一群觉醒的被压迫者。在殖民主义的洪流中，他们失败了。正是因为他们的失败，城堡的责任更加重要，也更加困难。”

在稿子后面的备注区里，k 先生看到了一些中肯的评论，也看到一些极端的评论，其中一条让他印象深刻：

“先把自己理解明白了，再去理解城堡。文化不同什么也理解不了，城堡里的食物与外面的食物一样吗？吃的不同，能相互理解么？少写城堡这个那个的。”

k 先生不知道那个人为什么这样评论。他的评论的确是理性的，然而是理性让他变得如此冷漠、如此刻薄？佩涅罗佩看着 k 先生，就像看着一座雕像，一座被冷漠与刻薄覆盖的雕像。她走过来，看到了那句让他停滞的话，瞬间明白了原因：

“这个评论已经引起城堡委员会的注意。城堡委员会之所以注意这个评论，是因为这个稿子刚放到这里不久，可能是三分钟、五分钟，最多不过一根蜡烛的时间，有人就写了这个评论，然后消失得无影无踪。他根本就没有时间读，却荒唐地评论，难道是受到了目的主义的诱惑？城堡主事得知后很生气，不只因为这个稿子是他写的，还因为他发现了一些可能会颠覆城堡的问题。有一次，他私下里跟我说要对付这种现象，就要引入人类历史上的专制制度，只有专制能对付这些冷漠、刻薄的人。我劝他不能这样想，要怀着理想往前看。看到这个评论后，您可能与城堡主事有类似的想法。您对于人性有深刻的理解，但那是包含了理性和情感的人性，与城堡里的人性不同。城堡里的人性虽然不再被情感扰乱，但纯粹理性却会使之更加复杂。这是一种无限的复杂，不可捉摸，也无法表达。一个人赶走了情感，那么他一定会冷落情感，也就能压制情感的任何冲动，然后获得纯粹的理性。当我看到这样的人，我对他是期待的，既期待最好的，也期待最坏的。什么是最坏的？您可能不理解这个问题。纯粹理性有可能让人失去理性，被纯粹理性支配的人可能是纯洁的，也可能会变成滴水不进的石头，坚硬、圆滑，却不知道自己为什么坚硬，为什么圆滑。他们有明确的目的，为了目的无限度地冲撞道德，但他们坚信自己是正确的，因为他所做的一切都符合纯粹理性的要求，所以从来不会有负罪感。情感才是负罪感的前提，而他已经赶走了情感。实际上，这是我离开城堡的原因。每当我看到纯粹理性的迷途，我对于城堡的前景会失去希望，就像在漆黑的夜里看着一盏即将熄灭的风灯。”

佩涅罗佩站在k先生身边，伸开双臂，期待一个临别前的拥抱。k先生心领神会，站起来与她拥抱，作为朋友之间最高的或最后的礼仪。然后，他们一前一后向边界之地的一扇小门走去。k先生是从那扇门进来的，也会从那扇门出去。临别前，佩涅罗佩要给他最后一点提醒：

“您已经结束了测量培训部的课程，接下来您可能会遇到一些意想不到的事。之前，已经有人为此离开了城堡，有人说那个人从此沉默不言，变成了太阳的影子。我想知道那是什么样的事，城堡主事当然也想知道，我想他应该告诉您了，您也接受了这个工作。无论如何，请您做好迎接不确定的准备，例如因为真诚而受到屈辱，因为深奥而受到讽刺，因为努力工作而受到隐秘的驱逐。卡夫卡觉得这是科层制度的问题，或现代主义的问题，但我并不这样想。这是一些古老的问题，就像殖民主义一样古老。为了更好地迎接不确定，您回去后最好洗洗澡，换身新衣服。我坐在您的对面，仿佛能闻到您的味道，像一种历史的味道。我不能说很难闻，却让我印象深刻。您要知道，城堡是理性之地，但不是理想之地，也不是自由自在之地。城堡里的制度看似面面俱到，但也有一些空白。城堡里的制度规定了人的衣着样式，但没有说明什么是脏衣服，什么是破衣服，也没有说脏衣服和破衣服能不能穿。在城堡里，制度没有占领的地方，人性就会占领，当然是以隐秘的方式，像一个幽灵从门缝里钻进来的方式一样。哪怕是一点点缝隙，人性也能钻进城堡，首先占领被制度遗漏的地方，然后再伺机扩张。您这身破衣服可能就是那道缝隙，人性会从这里钻进来。有些人会因此看不起您，觉得您低贱、无知，然后用低贱和无知的态度对待您。他们这样做的理由是您看不起制度，所以理应受到轻视。”

k 先生的回答让佩涅罗佩有些吃惊，但她不得不承认他是有道理的：

“在我很小的时候，我的爷爷告诉过我，他说你要了解人性，可以穿得破一点。这是一种例外的状态、异常的状态，破衣服让我在人群之内，又让我在人群之外。我承认我的确为此忍受了很多轻视，这些轻视却帮助我成为一个人性测量员。所以，我感谢这身破衣服，也感谢源于破衣服的轻视。”

“您的衣服看起来很破、很脏，难道您是有意这样穿的？”

“是的，我对你没有什么隐瞒的。有时候，我用思想去了解人性。这个视野是很平常的，因为多数人都在这样做，然后写了很多优美或晦暗的作品。但有时候，我还用我的身体去了解人性，去发现思想所无法触及的现象。”

“k 先生，我理解您的方式，但我还是要提醒您，您穿着破衣服，从人群中走过，会在那些一闪而过的眼睛里留下难以磨灭的影子。那些眼睛会习惯您有这个影子，只要您出现，它们就希望看到这个影子。如果遇到阴天下雨，您的影子没有出现，那些眼睛就会想象您的影子。当太阳再次出现，而您换了衣服，或者变了心情，您的影子随之变得优雅、轻快，那些眼睛却不想接纳这个新影子，它们宁愿陷入无知，也不接纳新影子。它们沉迷于过去的判断，习惯于将正确的当作不正确的，将高贵的当作不高贵的，然后陷入错误的循环。这是纯粹理性的迷途，但在城堡里，没有什么制度能纠正纯粹理性的迷途。这是城堡主事的疏忽，现在他已经意识到了这个疏忽，却没有找到纠正的方法。”

他们走到了边界之地的门口，k 先生停下来，站在那里。他十分喜欢边界之地，但他知道很快就要回到城堡。佩涅罗佩向他挥了挥手，看着他离开。他不知道什么时候会再次见到她，是在城堡的某个角落，还是在城堡外的小村子。她也不知道，尽管她在心底里希望见到他。他们知道城堡的力量让他们的会面变得不可预测，但他们也知道要维护城堡的力量，就要遵守城堡的制度。这是身处现实主义与理想主义之间的最好选择。

在佩涅罗佩的注视中，k 先生和两个助手向塔楼的方向走去，昏暗的夜色里出现了三个影子，很快又全部消失了。

六

隐秘的驱逐

k 先生一行三人离开了边界之地，在黎明前的黑暗中疾步而行。他们知道要去哪里，却忘了来时的路，只能四处摸索，经过一个又一个高大、相同的建筑，经过一条又一条宽阔、相同的路……等 k 先生躺在床上的时候，太阳已经照进房间，他一觉睡到傍晚。

课程测试开始了，培训生看到题目与写在黑板上的没有任何出入，在那一刻，他们觉得自己很幸福，尽管没有人公开地展示自己的幸福。他们以前从没有见过这些题目，城堡图书馆里也没有参考资料，他们只能根据自己的理解去回答。对于一些有创造力的培训生而言，这是他们的舞台，既可以用更深刻的观点维护 k 先生，也可以反驳 k 先生，甚至可以直接推翻 k 先生的问题，然后提出自己的见解。对于那些习惯于规行矩步的培训生来说，他们觉得从头到尾都在煎熬。他们知道要考什么，也知道阅读哪一方面的资料，却始终像悬在空中，测试结束后也不能落地。

在 k 先生准备批改答题纸的时候，土地测量课程主事又出现了，像谜一样，站在工作室门前。k 先生模模糊糊记得他说了一些话，好像是对他说的，又好像不是对他说的：

“这里是理性之城，不是情感之城。每个人都没有对另一个人好的责任，但伤害会改变这种情况，尤其是一个人在无意中对另一个人的伤害，因为弥补伤害的方法是对受到伤害的人好一些，至少要说几句好话，哪怕这几句话飘在空中，像不会下雨的云一样。然而，如果他没有意识到自己所施加的伤害，他就没有理由弥补，因为这样做并不符合纯粹理性的要求。”

k先生又看到了课程主事的眼睛。这双眼睛多次出现在培训课上，在最后一排，冷静的或冷漠的。k先生专注地看着他的眼睛，甚至还没有完全理解他的话，他就转过身，像谜一样消失。k先生已经熟悉这类信仰纯粹理性的人，他们被纯粹理性支配或被目的主义支配，每时每刻都想着自己的目的，不多说一句话，不多想一个问题，更不会动用情感，所以看起来坚硬或坚韧、冷漠或冷静。然而，课程主事的行为还是让k先生摸不着头脑，因为他不知道他为什么来这里。这个人说了很多诸如“责任”“伤害”“理性”之类的词，但k先生还是不知道他要表达什么，要获得什么，或要失去什么？

k先生坐在木椅子上，反复地思考。根据自己对人性的理解，他的确有担心的理由，但他又想到自己进入城堡，不只是要实践城堡的制度，还要寻找制度与人性的秘密，所以又觉得没有理由担心。在两个世纪的交界处，寻找现代主义的秘密，然后展示出来，这是过去的人所迷惑的，但未来的人将不再迷惑。想到这里，他很快就驱赶了关于担心的所有理由，认真地批改答题纸。培训生的回答让他有些吃惊，他们充分限定了自己的情感，使之没有任何显露的迹象，却丝毫没有影响到他们完美地表达自己的观点。

针对最后一个题目，当一个人即将被苦难压倒的时刻，是不是测量人性最好的时刻？一个培训生的见解让 k 先生印象深刻：

人类总是希望逃避苦难，并为此想了很多办法。有些办法可以让他们避免苦难，却会让他们失去人性。有些办法让他们陷入更深的苦难，却提升了人性。对于前一类人，苦难来临的时刻不是测量人性最好的时刻，因为他们会让人性变形，或消失。对于后一类人，苦难来临的时刻是测量人性最好的时刻，他们不但充分展示了人性，也会最大限度地改变人性，然后超越之前的人性，让自己变得更好。如果我们放宽视野，将人性理解为人类区别于动物的特质，即只有人才有的东西，这个问题就应该有另一种答案。在这一层意义上，无论对于哪类人，在他们即将被苦难压倒的时刻，都是测量人性最好的时刻。一个人为了避免苦难而丧失人性，也是人性的一种可能。在庞大的困难面前，人性一定会改变，可能变坏，也可能变好，这同样是人性的一种可能。在情感意义上，这是一个复杂的问题，但在理性意义上，没有什么是不可以理解的，无论变好还是变坏，都是为了目的。这是目的主义的逻辑，为了目的，什么都可以想，什么都可以做。然而，这个问题之所以成为一个问题，仍旧有情感的背景。尽管在这个背景里，情感已经十分微弱，却是理性的对立面。而在纯粹理性的背景中，也就是在目的主义的背景中，这个问题会失去意义，因为纯粹理性有理由驱逐情感，甚至可以在毫无理由的情况下驱逐情感，纯粹理性变成人性的唯一象征。之后，目的主义有可能会放弃这个没有意义的问题，因为它与目的无关……

k先生觉得这个回答很好，所以在题目上方画了五个星，也就是满分。在提出这个问题的时候，他并没有想到理性与情感的冲突。他看着窗外，没有云，没有鸟，突然间又感到了一点担心。他想起了课程主事的眼睛，他从里面看不到任何目的，也看不到任何愿望。他模糊地记得课程主事说过什么，但仍然没有听到任何目的、任何愿望。城堡里的一切都应该是透明的，他却陷入了混沌。

k先生的担心不是多余的。填完培训总结表后，他将之送到了接待大厅。工作人员核对了信息，提醒他注意工作室门外的信箱。第二天，他听到门外有人经过的声音。这个人走到门前不走了，短暂停留，然后快速地离开。k先生打开门，走廊里十分安静，没有任何人的影子。他看到信箱里有一封信：

> 您的培训课程测试题没有参考答案，不符合测量培训部测试制度的要求，请您重新设计试题，或者补充测试题答案，最后完成培训总结表。

k先生对此既不感到疑惑，也不感到惊奇。在设计测试问题的时候，他已经想到了这种情景。没有参考答案，这应该是测量培训部从来没有遇到的现象，所以不会通过。但他已经熟悉填写各种表格的方法，只要写满字，有明确的目的，而且不露情感，修改之后应该会通过。

k先生又来到接待大厅，从工作人员那里取了一张空白表格，在最后一栏“意外情况说明”中解释了自己的目的，既涉及测量培训部的要求，也涉及城堡制度的要求。除此之外，他强调城堡对于人类社会前景的责任，并引用了《城堡选人原则》的最后一条：“在城堡制度出现问题，或城堡制度落后于现代精神的时候，敢于以创造性的努力予以弥补的人。”测量培训部应该承担起这个责任，至少要部分意义地承担。他将鹅毛笔蘸入墨水瓶，写下最后一句说明：纯粹理性教育是城堡培训课程的初级目的，理性与情感的综合教育是城堡培训课程的高级目的。他觉得这样填写应该不会有问题，因为他恰如其分地展示了城堡的宗旨，以及目的主义的精髓，也就是所有一切都是为了目的，忽视过程，忽视过程中的意外，以及过程中的荒谬。

第二天，k先生收到了两封信。第一封是针对培训总结表的回复，像上一次的回复一样，没有参考答案，违背了测量培训部的要求，所以要重新填写。第二封是针对培训内容的回复：

> 您的课程在一些方面超出了测量培训部的培训大纲，所以成绩无效。根据测量培训部的相关制度，重新安排测试，重新批改答题纸，重新提交成绩。

k先生有点疑惑，但他并不觉得有什么是不能接受的，因为疑惑能让他真正地理解测量培训部，也才能回答城堡主事的问题。所以，他觉得这是一个很好的结果。他可以就此妥协，变成一个没有区别的符号；他也可以沿着这条路继续前行，到达秘密的源头，然后以受害者的身份感谢这些秘密。城堡主事一定不会获得这样的机会，因为谁都知道他是谁，他去哪里都会受到优待。

想到这里，k 先生又觉得有些不知所措。他知道自己的目的，一个深奥的、光明的目的，却被另一个深奥的、看起来更光明的目的阻挡了。一时间，他不知道如何应对这种情况，因为一切都是未知的，他觉得自己做得对，但又没有人告诉他做得对。他决定去测量培训部的图书馆，在那里冷静地想一想。

很快，k 先生站在图书馆后侧的小门前。那是一扇属于他的门，只有他知道密码，随意进出，随意停留，随意阅读。他从口袋里取出钥匙，插进锁眼，向左转 15 度，向右转 23 度，向右转 90 度，向左转 50 度，向左转 90 度，最后再向右转 180 度，但门没有开。他又试了一次，门仍旧没有开。以前，他因为记错密码而打不开门，但反复试几次后也能打开。现在，他已经十分熟悉密码，试了好多次，却无法打开。

在彻底放弃之前，k 先生还想试一次，用纯粹理性的方式。他回到工作室，找了纸和笔，以及量角器，记下开锁的每一步，确保每次旋转都是精确的。最后向右转 180 度后，他觉得这次应该可以了，但门仍旧关得紧紧的。在这个时刻，他确定这扇门已经向他关闭。

k 先生突然觉得城堡不再是透明的，他好像看到了一团黑暗。这团黑暗并不大，像一只飞鸟的影子，或一片落叶的影子，在那一刻挡住了他的视线。他知道自己不能怀疑城堡，既不能怀疑城堡的伟大理想，也不能怀疑城堡里的每个人。他仿佛知道原因，但又不确定，所以他放弃了怀疑，因为怀疑会让那团黑暗变大。

在新的培训周期开始前的一个多月里，k先生没有失去睡眠，但只能在黎明前的时刻才能睡去，一直睡到中午。他总觉得自己做得没有错，向培训生传授最基础的知识，也传授最深奥的知识，为他们创造一个开放的思考空间，希望他们通过自由思考发现真实的问题，也希望他们从最简单的常识中发现自我，然后用坚韧、健全的自我去实践伟大的理想。这样做能有什么错？

k先生又看了看收到的几个回复。他觉得可以做些妥协，例如承认错误，责备自己违背了测量培训部的测试制度，然后充分认可测试制度，所有测试必须有参考答案，因为只有这样，测试才是透明的，对每个培训生也才是公平的。这样想过之后，他又觉得有些荒诞。妥协也应该有目的，他的目的是什么？这天晚上，他又辗转反侧了好久，像陷入了泥坑一样没有头绪，但终于还是在黎明前睡去。

新的培训周期开始了，k先生再次去接待大厅领取了十一份表格。这一次，他有一种驾轻就熟的感觉，根据之前的填写经验很快填完了所有表格，然后交回去。在那一刻，他觉得自己与城堡制度的距离更近了，甚至对城堡里的各种制度有了认同感。在这种感觉的启发下，他觉得一切都会通向让人期待的结果。

k先生回到工作室，坐在木椅子上，听着门外的声音，十分嘈杂，他有些紧张。以前，他也紧张过，因为耳边的声音，因为看到的场景，例如刚刚到达小村子时，从小村子进入城堡时，或在塔楼里与城堡主事会面时，他都有过紧张，但那些紧张与这一次不同。这一次，他觉得是压迫感导致的紧张。他认真填写了表格，并再次分析了《城堡选人原则》，但仍然无法赶走这种感觉。

每当看到木桌子上那一大摞的备课笔记，他还是禁不住地想，自己真的做错了吗？他没有欺骗培训生，没有欺骗城堡制度，为了培训思路的流畅而通宵达旦地备课，鹅毛笔用废了一捆，总是希望用最坚实的资料证明最深刻的观点。他觉得自己没有错，但又是谁错了呢？城堡制度也没有问题，用理性指导人性，用劳动保卫身体，让一切看起来都是透明的，而城堡里的一切看起来也的确是透明的。

工作室外面的声音终于变得清晰了，除了快速走动的脚步声，不再有人停留的声音，不再有投递信件的声音。k先生站起身，缓缓地推开门，不想见到任何人。他觉得自己的存在感很微弱，任何一个突如其来的声音都能将这种存在感冲散，哪怕这个声音很小、很远，或者与他无关。

在确定门外没有人，远处也没有人的时候，k先生打开了信箱，里面有十一封反馈信。他坐在木椅子上，逐一阅读。每张表格的反馈意见几乎一样，要求他根据相关制度认真修改。在最后一封反馈信上，他看到了一行用加粗鹅毛笔写的提示：

在修改完成、并获得认可之前，请暂停培训计划，并不得担任下一周期的培训员。

根据测量培训部的制度，培训员在完成一个周期的工作后，可以获得培训师资格，独立指导培训生。此前，三个培训生来到k先生的工作室，表明了愿意接受指导的愿望。他没有明确答复，因为那时候他还没有获得培训师的资格，所以只能提醒他们要不断学习、独立思考，他一定会为他们创造机会。而现在，他失去了成为培训师的资格。他不知道是否会永久地失去资格，但他知道有一种不可见的力量在阻挠他，不仅让他的表格无法通过，还要让他变成虚无。

城堡里有很多目的，每阵风都会吹来几个目的，每走一步都会踩到几个目的，甚至理一理头发也会掉下几个目的。这些目的各不相同，但都是为了获得预期的结果。而在这个时刻，k 先生发现了一种反目的的目的。这种目的不会通向预期的结果，反而会通向相反的结果。

在迷惑中，k 先生去接待大厅了解情况。在 10A 室，他找到了传递单方向文件的工作人员。那个人吃惊地看着他，看起来比他还要迷惑：

“请原谅我的无知，对于这些情况，我的确不了解。我负责将您的资料上交测量培训部委员会，其他的事我就不清楚了。我知道您有三个特权：自由进入图书馆，自由讲授课程，自由指导培训生。我向您保证这是城堡委员会的决定，但这些决定如何执行，并不属于我的职责范围。我希望您能充分享受这些特权，但如果不能享受，我也没有向城堡委员会报告的职责。我不能说这是城堡制度的缺失，但城堡制度的确没有这样的要求。这里的每个人也没有这样的职责，他们自始至终都不知道这件事。”

k 先生有些失望。刚要离开接待大厅的时候，他看到了那三个培训生，他们在另一侧的培训师咨询处。他们看见了他，然后默默低下头，好像什么也没看见。他立刻知道发生了什么，他们已经重新选择了培训师。当他意识到这些培训生在远离他的时候，他并没有陷入自我怀疑的境地，却无法阻止那团黑暗又变大了一点。

k先生回到了工作室，关上门，然后坐在木椅子上。他觉得自己是一个孤零零的人。进入城堡后，他隐藏了自己的情感，变成一个纯粹理性的符号，而且享受着成为一群符号中的一个的无区别状态。但现在，他觉得自己是一个孤零零的符号。他僵硬地坐在木椅子上，想要忘掉这一切，所以厌恶从木门缝隙里传进来的声音，无论走路的声音，还是说话的声音。这些声音让他意识到自己的存在，而每当意识到自己的存在，他就觉得自己是一个孤零零的存在。

这时候，k先生觉得自己进入了一个时间旋涡。时间就像棉线一样缠绕着，越来越密集，越来越混乱。他觉得自己不能向任何方向走动，只能在原地旋转，头晕目眩，很快不知道自己在哪里。他旋转得越来越快，过去被抛开了，未来也被抛开了，唯有现在缠绕着他。然而，他的意识越来越模糊，无法清晰地感受到这些缠绕在一起的现在。于是，他将现在打碎，变成一个又一个不断出现、又不断消失的当下。他想拥抱每一个当下，但每个当下转瞬消失。他突然意识到，这可能是时间消失的感觉。

在这个时间旋涡里，k先生感到了一种力量。他说不清楚这种力量来自哪里，却看见这种力量分布在测量培训部的各个角落，让人保持陌生，让人沉默而行。几乎所有人都见过他，或者认识他，在走廊里，在培训室里，在咖啡厅里，在洗手间里，但没有人与他打招呼，没有人向他问好，更没有人停下来跟他说话。他们看起来都不认识他，也就不知道他受到的冲击，更不知道这种冲击逐渐变成伤害的过程。

在纯粹理性的指导下，每个人都有自己的目的，一个目的完成后，另一个目的又会出现，没有终结，也不会停留。在每个目的的笼罩下，或从一个目的向另一个目的转变时，他们按照城堡制度的要求存在着，所以看起来都很简单，简单的眼神、简单的话语、简单的行为。然而，k 先生从简单的表象中看到了那种力量，却仍然不知道它来自哪里，被谁掌握。但他知道这种力量在影响他，阻挠他，消耗他。他不想理会它，却无法回避它。

这是一种复杂与简单、昏暗与透明的双重感觉。k 先生想要穿过这种感觉，就像穿过清晨的浓雾，然后在初升的太阳下奔跑。但他失败了，再次被缠绕起来。他不知道这种感觉最终会蔓延到哪里，但他觉得自己没有错，一定没有错。他认真备课，认真讲课，系统地向培训生说明测量的本质。然而，每当想到自己被这种感觉缠绕，他就在时间的旋涡里越陷越深。

一个午后，k 先生来到工作室，看到门上贴了一个会议通知。土地测量班即将召开会议，所有培训员都要参加。通知的下面有一个工作室编号单，他在上面看到了 32X。两个助手在前面带路，k 先生昏昏沉沉地跟在后面，不知道转了多少个弯，不知道走了多少阶楼梯。当他看到课程主事的时候，也看到了会议室里有一把给他预留的木椅子。他像符号一样走进去，又像符号一样坐在木椅子上。

课程主事的表情从来都是这样，既不冷漠，也不热情，看起来没有精神，眼睛里却闪着光。k 先生不知道这是什么样的光，是不是纯粹理性的光？他抬起头，再次看了看那双眼睛，然后低下头，还是不确定。他不知道这次会议的目的，所以有些恍惚，就像失去了目的。在这个理性之城里，没有目的意味着没有意义，没有意义也就意味着虚无或不存在……但他太累了，累得不能思考。他甚至想起身离开这里，离开城堡，彻底放弃。但他又希望在这里下沉，下沉到一个始料未及的地方，用人性测量员的眼睛观察这个很少有人到过的地方。

课程主事关上门，在一把木椅子上坐下来，逐一看了看到场的培训员：

“诸位先生，根据城堡制度，我们今天在这里会面。我不知道我们是否能完成预定的目的，但这次会面是重要的。我们是制度人，也就是拥护城堡制度的人，与城堡主事一样对于制度怀着最美好的理想，所以我们要用最好的方式实践城堡制度。在资本主义的鼎盛时期，在自动机器工业的开端年代，我们都知道资本主义对于这个世界的无情改变，我们也看到了资本主义与机器工业联合的不良结局，我们不希望被动地走向这个结局，所以我们进入了城堡。这里不再有统治与被统治的关系，不再有压迫与被压迫的关系，也不再有诱惑与被诱惑的关系，一切都是透明的，一切都是具体的，没有暗昧，没有遮掩。这里是制度之城、理性之城、通向未来之城。我们保留了人类的身体功能，避免自动机器的侵蚀。我们为此付出了很多，有的人甚至抛妻弃子，一定是希望实现自己的目的。所以，我们反对那些拥护城堡、又颠覆城堡的人。他们之所以会颠覆城堡，是因为他们想要翻身骑着城堡里的制度。我们不接受这个目的。在城堡里，拥护制度的人已经形成了强大的力量；在测量培训部，拥护制度的人形成了强大的力量；在土地测量班，拥护制度的人也形成了强大的力量。根据城堡的早期规划，测量培训部应该是实践城堡制度的数字机构，因为这里的人都是数字的精灵，既有记录的力量，也有预测的力量，所以最高尚、最光荣、最崇高，也应该最有使命感。我们要保护这种使命感，千方百计不让它受到损害，否则土地测量班会迷失，测量培训部会迷失，整个测量群体会彻底没落，城堡从此会失去对于数字的信任。”

说到这里，课程主事停了下来，看了看每个培训员：

“各位先生，k 先生已经在城堡里工作快一年了，请原谅我今天才向各位介绍他的身份。来城堡之前，他是奥匈帝国的土地测量员。一年前，他进入了城堡，在伟大理想的召唤下，负责讲授土地测量的基础知识。事实上，他已经完成了一个周期的培训课程。”

课程主事再次停下来，看了看 k 先生：

“k 先生，请原谅我的决定。我确定您有丰富的土地测量学知识，但我不确定您是城堡制度的拥护者。我确定您已经舍弃情感，皈依了目的主义，但我不确定您的目的是否有利于城堡。我确定您在认真地备课，但我不确定您是否有能力完成培训任务。总之，我能确定很多问题，也无法确定很多问题，例如我可以确定我是透明的，但不能确定您是透明的。根据测量培训部的制度，我们要举行一次投票，共同确定您是透明的，还是不透明的。如果多数人确定您是透明的，您可以继续在这里工作；如果多数人确定您是不透明的，您应该离开这里。您可以继续留在城堡里，如果有其他地方接纳的话，您可以去任何地方，承担任何职务。当然，您也可以离开城堡，回到自己的家乡。”

k 先生安静地听着，不再感到疲惫，却没有行动的力量，所以只能安静地听着。他看到每人得到了一张纸，纸上写了两个字，是与否。他们从两个字中选择了一个，然后在上面画了符号。很快，课程主事当众宣读投票结果：

“k 先生，请接受最后的结果，除您之外，还有六人参加会议，四票认为您不是透明的。这是我们共同的决定，您可以向测量培训部委员会申请复核，也可以向城堡委员会申请复核，复核内容包括是不是土地测量班全体培训员投票，投票选项是否清晰，是否当场宣布结果，投票结束后是否说明可以申请复核。”

k 先生没有回答，安静地看着课程主事，就像看着一个谜。k 先生不知道他在想什么，为什么要这么做，也不知道他的心里是否有情感与理性的对抗，但他的脸上没有情感的任何影子，可以说是冷漠，也可以说是冷静。这时候，课程主事也在看着 k 先生，怀着期待。他一定知道这样做对于自己的伤害，他可能还在等待着伤害的结果像热烈的花一样开放。

刚刚进入城堡时，k 先生在原地下沉的感觉又出现了。他觉得自己的身体一点点变得僵硬，然后缓慢下沉。几乎没有人喜欢这种感觉，但他喜欢，因为每次下沉都会到达一个前所未见的新世界。他之所以成为杰出的人性测量员，并不是在哪个地方学到的，也不是从某个人身上学到的，而是从一次又一次的下沉中学到的。

下沉是一个伟大的学校。这个学校之所以伟大，并不是因为光芒四射，或者安抚人心，而是因为它像冰冷的拥抱、坚硬的注视、正大光明的虚伪，总之是对人性的极大挑战。人性本来是温暖的，但仅仅是一种弱不禁风的温暖，只有经历了无限多的挑战，这种温暖才能变得坚韧，支撑起人的身体。k 先生知道这并不是理性对于情感的挑战，因为他总以为理性与情感是相互提携的，不是相互排斥的。然而，他又无法否认这是理性之城，情感在这里是被驱离的，所以如果不是理性对于情感的挑战，那又是什么呢?

k 先生说不清楚，但他知道自己在下沉，缓慢地下沉。他的视觉凝滞了，听觉凝滞了，触觉也凝滞了。当他正要思考的时候，他觉得自己变成了一个解不开的谜，所以不得不放弃思考，开始享受没有目的的下沉，并等待着一个新世界向他展开。

七

深度下沉

自从进入城堡以来，k 先生遇到了很多难以言表的困难，例如时间忽快忽慢，空间无限绵延，有时将他包围，有时将他排挤。在布拉格的时候，他已经展示了一种无与伦比的语言能力，语言是他的手、他的脚、他的眼睛或灵魂，有时候他觉得自己可以用语言活着，或者活在语言里。而面对这些困难，他觉得语言失去了力量，或者说他失去了语言的力量，也就无法用语言展示这些困难。

既然如此，k 先生尝试用语言之外的方法解决这些困难，例如将这些困难看作是一个抽象的问题。他觉得自己明明是伟大理想的拥护者，却被定义为伟大理想的破坏者，甚至是美德的背叛者。这是一个不可见的结论，他既无法逃避，又无法辩解。每当想起这个结论的时候，他只能耸耸肩、皱皱眉，或是对着粗糙的墙壁做个鬼脸，用匪夷所思的方式表达道德意义的困惑。

迫不得已，k 先生转而回想自己在城堡里的生活。这是一个符号世界，而他进入了这个符号世界，也就变成了一个符号，结果这个符号被判定为无意义，他也就失去了存在的意义。他不想接受这个结果，因为他的情感还在心里隐秘地存在着。但他又不得不接受这个结果，所以他的情感在隐秘地翻腾。这个结果让他不知所措，又像一个启示，首先让他突然间意识到生命的意义。一个人活着，他不想虚无地活着，所以会思考生命的意义，百思不得其解，但这本身不就是生命的意义？之后，这个结果又让他意识到工作室编号的意义。32X，最初他将 X 解释为虚无或无限，之后又解释为众多符号中的一个，而现在他觉得自己就是 X，一个明确又模糊的身份，从他身边经过的人是其他字母，A、B、C、D、E、F、G……

k 先生觉得自己越来越反常，一个陌生的自己出现了。他在看着 k 先生，既亲近又遥远，既热情又冷漠。他知道为什么会变成这样，却一点办法都没有。他放弃了刷牙的习惯，放弃了洗脸的习惯，也放弃了睡前脱衣服的习惯。他都不记得这身破衣服穿了多久，甚至已经习惯闻到酸酸的味道。他不觉得这是关于修养问题，相反，这是一种存在的感觉，他要用这种味道证明自己是存在的。

深夜时分，k 先生躺在橡木板床上。他的身体已经疲惫不堪，却无法入睡，即使偶尔睡一小会儿，却像进入一个深奥的迷宫。他在迷宫里艰难地走着，不知道出路在哪里，也不知道来路在哪里，所以无数次惊醒。过了一天又一天，他的身体越来越疲惫，即使躺在床上，也能感到自己的心脏在剧烈跳动，以及被震颤着的身体。

进入城堡之前，k 先生曾经在巴黎听过涂尔干关于自杀的讲座。那一天，他记得全场鸦雀无声，涂尔干坐在一把简陋的木椅子上，用十分平静的语气讲述着震撼人心的问题：

自杀是社会变迁的表征，而非自杀者的心理缺陷。

当一个人知道没有方法改善自己受压迫的处境，就会选择自我了断。

当群体、家庭或社区纽带较弱或不被重视，人会感到被孤立，就会觉得孤独。

不管每个人多么个体化，总还是有某种集体的东西，这就是过分个体化所引起的消沉和抑郁。

无政府主义者、唯美主义者、神秘主义者、革命的社会主义者，即使他们不对未来感到灰心，至少和悲观主义一样痛恨或厌恶现状，同样需要摧毁或逃避现实。集体忧郁如果没有得到病态发展，就不会如此侵入人们意识，由此而引起的自杀的发展也属于同样的性质。

……

那时候，k先生还是一个初级人性测量员，对于生命的自我断裂，没有亲身体会。而现在，他深刻地感受到了这个问题。有时候，他会在黎明前的黑暗中想想这个问题，他确定自己不会自杀，因为在神秘的人性中穿行，他已经习惯了各种黑白翻转，以及黑白之间那片模糊的灰色地带。更重要的是，坚韧的理性已经消灭了自杀的愿望。尽管他的心里还留存着一点情感，而且在未来的一个时刻，这点情感还会复原，但他已经具备用理性管理情感的能力。这时候，那个启示又出现了，在虚无中思考生命的意义，这才是生命最深奥的意义。

尽管如此，对于 k 先生来说，几乎每个夜晚还是艰难的。他睁着疲惫的眼睛，看着黑乎乎的天花板，时间在变慢，有时候好像停止了，有时候好像消失了。而时间一旦消失，空间就会膨胀，到处崎岖不平，包括墙壁、凳子和被子，他无法为疲惫的身体找到舒服的状态。他的手无处安放，他的脚无处安放，他的耳朵在变大，压迫着头。他用手揉了揉眼睛，突然觉得手是多余的，又突然觉得眼睛是多余的。他用手捋了捋脏乱的头发，就像伸进一片让他难以忍受的油腻。有时候他会厌恶自己的头发，有时候会厌恶自己的手；有时候他会厌恶头发的味道，有时候又会厌恶自己的鼻子。

黎明之际，k 先生会轻微地睡一小会儿，这是失去目的的精神对于疲惫身体的被动妥协。一整夜，他都在辗转反侧，耗尽了身体的力量，所以会不由自主或出乎意料地睡一小会儿。但这种睡眠根本无法弥补身体的消耗，他疲惫地坐起来，疲惫地站起来。他已经感觉不到饥饿，但纯粹理性提醒他要吃一点东西，只有这样才能活下来，所以他疲惫地走到餐厅，疲惫地吃点饭。吃完饭，他疲惫地经过测量培训部的大门，疲惫地上楼梯，疲惫地掏出钥匙。他好多次转错了方向，好多次转错了角度，好多次瘫坐在工作室门前。进入工作室之后，他疲惫地坐在椅子上。他觉得自己有活下去的理由，也有活下去的希望，但这些理由和希望就像雾中的城堡一样忽远忽近。

对于 k 先生来说，每个白天也几乎都是艰难的。坐在木椅子上的时候，他觉得内心烦躁。他以为这不是源于疲惫的烦躁，而是源于烦躁的烦躁，所以是一种深奥的感觉，或者说就是深奥本身。很多人从工作室外经过，传来了脚步声。他无法分辨是谁经过，因为所有的脚步声几乎都一样，一样的节奏，一样的频率。他厌恶这种一致性，就像深夜里辗转难眠时，无限蔓延的空间对于时间的排挤一样让他厌恶。他坐在木椅子上，像坐在一个失去时间的空间里，那些匆匆而过的脚步像是被驱逐的时间，通向一个又一个明确的、没有情感的目的，坚定、单调、乏味。

k 先生清晰地感觉到了时间与空间的分裂。他甚至能看到分裂的边界，一边是时间，一边是空间。他看了看那扇古老木头的门，那就是分裂的边界。缠绕在一起的时间被关在外面，四处膨胀的空间在里面拥堵着，压得他无法呼吸。每当有人在外面说话，时间就会从门缝中挤进来，像一根行将枯萎的藤蔓一样在他身上缠绕，希望唤醒与情感分裂的理性。然而，这些声音又无法在他的理性上攀援，因为他的理性是光滑的，没有任何一点凸起，所以钻进来的时间很快消失不见，或被四处膨胀的空间掩埋。

一阵敲门声传来，一个陌生的培训生提醒 k 先生上课时间到了。这个培训生找错了人，因为他失去了培训员的资格。但他已经糊涂，所以提着失去目的的手，拖着失去目的的身体，疲惫地站起来，向培训室走去。

走出工作室的那一刻，k 先生感到从纯粹的空间迅速进入纯粹的时间，或是从绝对的静止进入绝对的运动，他有些无法适应。在走廊里，他觉得时间无处不在，忽快忽慢，就像在魔幻世界里一样，原因与结果的关系完全错位，有时候原因决定着一切，有时候结果决定着一切。

k先生忽快忽慢地走着，不知不觉已经站在讲台上。他并不愿意站在这里，但每当站在这里的时候，他又像获得了救赎。这是一种超越时间与空间的救赎，超越情感与理性的救赎。尽管下面没有人，一个也没有，因为在这个时刻，这里并没有培训安排。但对于一个虚无者来说，面对虚无却能感受到真正的存在。他站在讲台上，时间已经消失，空间已经消失，他忘记了一切，既包括疲惫，也包括困惑，然后进入了一片无限变化的思想之地。这一次，他决定从分裂讲起，一步步走向人性的深处：

我们是人，在很多方面不同于动物，其中一个方面是对于连续性的热爱。连续性让我们存在，或者说让我们感受到我们的存在，不只是身体的存在，还有精神的存在。连续性源于记忆。这是简单的道理，又是深奥的道理。如果我们不再有记忆，或只有短期的记忆，昨天发生的一切都会消失，昨天以前发生的一切更是不见踪影，那么我们的存在就是破碎的。不再有记忆，也就不再有希望，所以我们热爱连续性。

即使如此，我们也会遇到各种形式的分裂，与世界的分裂、与人群的分裂、与自己的分裂、与情感的分裂、与理性的分裂。这个世界每天都会上演很多故事，竞争、理想、阴谋、伤害、获取、奉献、挤压、无畏……无论这些故事多么复杂多变，但总是有人能活下来。这是一个伟大的结果，所以我们相信正义能战胜邪恶，理想能瓦解阴谋。但在享受这个伟大的结果之前，他们首先要对抗分裂，对抗中断，用尊重对抗，用爱情对抗，用友善对抗，用坚韧对抗，用勇敢对抗，然后获取一次又一次的连续性。

在实践这个目的时，人性表现出了反复无常、深奥莫测的特点。很多人以为连续性与稳定性无关，但当他们意识到稳定性是连续性的前提时，他们就会发现自己所努力追求的有时候可能会毁灭他们。他们使用了各种方法，无论是正义的还是邪恶的，为的都是获得连续性。哪怕他们所获得的连续性毁灭了其他人的连续性，哪怕他们知道自己变成了情感的剥削者、理性的剥削者、道德的剥削者，他们都能内心平静。因为他们将这个世界看作是竞争的世界，竞争变成了正义的前提，或是正义本身。只要从竞争中获得的东西，无论竞争的过程是正义的，还是不正义的，从这个过程里获得的东西都是正义的。

这是一种人性的竞争，由人设计、由人主导、由人定义，当然不是全部的人都能主导这种竞争，而是少数的人。在这个过程中，有些人实际上受到了伤害，包括身体伤害、情感伤害、理性伤害、道德伤害。但在人性竞争的逻辑中，受到伤害的都是弱者，弱者也理应受到伤害。弱者是沉默的，他们受到的伤害也是沉默的，所以这个问题也就无法成为反思人性的角度，并不是说没有分析的意义，而是说没有分析的可能。受到伤害的人可以展示自己受到的伤害，包括身体伤害和心理伤害，他们可以抱怨，可以诉苦，也可以怨天尤人、嚎啕大哭，但他们无法证明自己有不受伤害的资格，甚至无法证明这种伤害是不正义的。在人性的竞争中，他们是善良的，有时候却因为善良而脆弱，也就没有施展正义的力量，只能被一次次压倒。他们仍然坚定地认为自己是正义的，但这仅仅是一个可有可无、虚无缥缈的观点。这个观点占据了他们的心灵，他们却没有将它显示出来的能力。

这是善良者的自我反思。如果那些压迫者认为善良者总是如此脆弱，然后肆无忌惮、为所欲为，那么他们可就错了。善良者的确是沉默的，深思熟虑，甚至有些畏首畏尾，或是像卡夫卡一样，困在现代主义的边缘，进不去，也出不来。但英雄只会从有理想的善良者中间出现，作为正义的信徒……

严寒的冬季来了，大雪连日不停，落在地上，一层盖着一层。k 先生压制着情感，作为纯粹理性的符号，走路、吃饭、睡觉、失眠。他觉得自己可能撑不下去了。有时候，他想变成一个世俗意义的革命家，在城堡里勇敢地恢复情感，解除理性的咒符。想到“咒符”这个词的时候，他自己也被吓了一跳，但他觉得的确是这样的，纯粹理性变成了一个咒符，让城堡里的人变得简单、纯洁，也让他们变得深奥、复杂。但他又觉得不是这样的，纯粹理性只是一个词、一个观念，只有人能让它变成咒符。

k 先生想过要逃离城堡，在一个大风肆虐的深夜，或在街灯一盏盏熄灭、几乎所有人都陷入沉睡的深夜，他在街道上飞奔，向左、向右、向前……他已经分不清方向，但只要向前跑，就能离开城堡。离开城堡后，他最想做的是扑在草丛里呼呼大睡，像狗一样。他觉得自己失去了睡眠能力，一定与城堡有关，就像城堡让小村子里的人失去正常的语言能力一样确定无疑。

黎明即将到来，k 先生又熬过了一个不眠之夜。他躺在橡木板床上，反复想着什么时候逃离城堡。有时候，他觉得被纯粹的时间包围，忘记了身体的疲惫；有时候，他又觉得被纯粹的空间包围，抵抗着四周的重压。他担心自己在疲惫与重压中窒息，所以赶紧坐起来，在黎明前的黑暗里放肆地呼吸。他不想莫名其妙地消失，更不会毫无意义地自我了结。所以，在一次次遭遇的困难中，他都有顽强对抗的充分理由。这是成为杰出人性测量员的前提。

正午时分，阳光照进了房间，k 先生还在床上昏睡。两个助手在工作室里没有找到他，在餐厅里没有找到他，在他经常走的路上也没有找到他，所以他们敲响了宿舍的门。

k 先生听到了敲门声，但他的理性已经完全失控，忘记自己躺在城堡里的一张床上。他不喜欢这张床，所以就将敲门声塞进自己的梦里。这时候，他正在做一个绚丽的梦，并且因为敲门声而变得更加绚丽。

k 先生仿佛觉得是那个理想中的母亲在敲门，而他刚满十岁，喜欢在家里废寝忘食地思考问题。那时候，他并不知道自己会成为杰出的人性测量员，只是对人性充满了好奇。忽然间，他又觉得是自己的初恋情人在敲门。在熙熙攘攘的人群中，他一眼就看到了她，此后再也没有忘记。他甚至没有牵过她的手，却感受到了她的温暖。所以，当他觉得是她在敲门时，这个梦瞬间变成了一个在空中爆炸的烟花。在爆炸的那一刻，他将时间停止，然后仰着头观看。他离开了好多次，又无数次回来，每次都仰着头，仔细观看在空中静止的一切。

在迷惑中，k 先生翻了个身，突然感到自己还躺在床上，而且是城堡里的一张床，他的梦瞬间改变了方向。他觉得是城堡主事在敲门，然后站在床前，对自己说话，就像上次一样滔滔不绝。城堡主事说自己发现了城堡的秘密，说自己仍然相信崇高的理想，还说自己愿意接受一切，但不会彻底妥协，即使在人性的丛林中也会自由自在地活着。

忽然间，k 先生觉得这个梦停止了，不再有任何动静。他看着这个梦，就像看着天上的一片云。他感到自己的身体被人拖动，又被人抬起，然后放在一块很硬的木板上，他的手摸到了木板的纹路。他似乎听到周围有人在说话，三个人或四个人。他很熟悉他们的声音，这些声音几乎一样，语法结构一样，用词习惯一样，一个句子接着一个句子，被纯粹理性引导着，明确清晰，没有一点情感。然后，周围一片寂静。他感到木板在移动，有时在平坦的石头路上移动，有时在崎岖的石头路上移动，有时在泥土路上移动。他很快又陷入了迷惑，但他确定自己躺在木板上。在崎岖的路上移动时，他的头被震得混沌。在泥土路上移动时，他能清晰地感受到小石头对于木板的阻挡。他有些不满，甚至是生气。这些人为什么不把他放在软软的棉被上？他感到寒冷渗入了他的衣服、头发，他的身体在变凉。这种感觉很不好，就像将热水泼在冰上，热水瞬间变凉，然后变成冰。他们为什么不给他盖上被子？

k 先生的幻觉断断续续，有时清晰，有时模糊，有时完全消失。他不知道这个幻觉持续了多久，醒来时，他看到一群人站在他面前。两个助手在最前面，他们期待着。他知道他们期待什么。看到他醒了，他们走到他身边，告诉他发生的一切。他们在宿舍里发现了他，那时他已经陷入了昏迷，他们赶紧向城堡卫生院报告。医生让他们填写了两张表格，《身体基本问题》和《异常情况发现过程》。根据两张表格，医生填写了《出诊与救助情况》，中途没有墨水了，他赶紧跑向物资处取了一瓶。

之后，两个助手找到了一辆木板车，一个拉，一个推，随行的有一个医生和一个护士。到了宿舍后，他们发现他没有完全失去意识。医生在《出诊与救助情况》的最后一栏勾了四个对号，又写了四个字：确定救助。他们一起将他抬起来，放在木板车上，奔向城堡卫生院，向左、向右、直行，一路上经过无数的人，就像经过无数的符号，没有人停留，没有人观看，没有人关心，没有人问候。他们都在奔向自己的目的，除此之外没有其他的目的，也不接受中途出现的目的。

等 k 先生清醒后，测量培训部的工作人员带着一摞表格来了，帮助他填写。等一切结束后，他竟然不知道有几个表格，又在每个表格上写了什么？他活动了一下劳累的手指，看着食指上被鹅毛笔压下的凹痕，确定自己写了很多字。

休息了一会儿之后，k 先生从床上坐起来，走到窗边。窗边有一个木质的小桌子，桌子上有一瓶药。两个助手说这是万能药，至少在城堡里是万能药。一个人出了问题，无论是身体问题还是精神问题，都会吃这种药，因为卫生院里只有这种药，医生只能决定服用的数量。走廊里有一个铃铛，每当夜幕降临时，铃铛声会响起，每个房间随之响起扭动瓶盖的声音，倒水的声音，吞咽的声音，喝水的声音，然后是上床的声音，脱衣服的声音，盖被子的声音。不到半小时，有人打起了呼噜，有人说起了梦话。

k 先生走到窗前，看着不远处的建筑，同样是两层，与测量培训部一样的窗户，一样的墙壁，一样的大门。大门上挂着一个标识牌：睡眠研究所。透过一个房间的玻璃窗，他看到里面有两个人，一个人坐在那里填写文件，另一个人站在旁边，抱着一摞文件，安静地等着。

两个助手推门进来，k 先生还在望着窗外。他们走过去，与他一起看：

“那是睡眠研究所。在城堡里生活，最重要的是睡眠。您知道我们为什么能成为您的助手吗？我们在睡眠监测中获得了最好的成绩。在长达一个月的监测中，我们倒头就睡，从未失眠过。”

k 先生一言不发，好像听见了，又好像没听见。两个助手想转移他的注意力，所以继续跟他说话：

“我们很高兴看到您在康复，也就能一直担任您的助手。如果不能康复，您可能会被送入睡眠研究所。如果那里的人不能对付这种情况，您还会被送入睡眠研究所后面的那个地方。我们从没有去过那个地方，但听说那里有很多失去睡眠能力的人，他们疲惫不堪，夜晚也会睁着眼睛。以前，我们在印刷工厂工作时，两个人被送到了那个地方。城堡卫生院的药物无法帮助他们睡眠，睡眠研究所也认为他们应该去那个地方。一个月之后，他们回来了，看起来状态很好。他们偶尔提起那段经历，与他们一起去的一些人从城堡里消失了，但他们没有死去，而是离开了城堡，因为接受不了情感与理性的分裂，而且对纯粹理性失去了希望。但这只是短暂的情感恢复，回到城堡后，他们还是要去除情感，以理性的方式活着。”

k 先生听得清清楚楚，一点儿也不吃惊。他不知道自己是否会去那个地方，但他对此并不排斥。深夜里，当药物的力量消失后，他会醒来，独自站在窗边，看着那个神秘的地方，他会感到一些轻松。他想离开城堡，却不知道这是不是逃避，也不知道逃避会让他更深刻地认识人性，还是从此断绝认识人性的机会。这一切他都不知道，但这并不妨碍他变得轻松一些。

过了一段时间，大约两星期左右，医生承认药物已经失去了作用，加大剂量也无济于事。两个助手再次推来木板车，走进卫生院，搀扶着 k 先生出来，首先将他带到睡眠研究所。在接待室里，三个医生已经在等待。他们示意他坐在对面的木椅子上，然后要求两个助手到外面。

k 先生坐在木椅子上，看着对面的三个医生。他们穿得相似，长得相似，眼神也相似，十分平静。他觉得他们看着自己的时候，就像看着一块石头或一块木头，至少是一个没有区别性的符号。

“我们充分讨论了您的情况，并获得了一致意见。城堡卫生院采取了最好的治疗办法，也就是加大药物剂量，从每天一片增加到每天两片，又增加到每天三片。我们还可以加大剂量，但考虑到您的身体状况，三片已经是极限，您的睡眠仍旧无法恢复，我们对此很抱歉。”

之后，一个医生将三份文件放在 k 先生面前：

“这是我们为您做的一切，请您核实。如果没有问题，请在下方签字确认。”

k 先生看了看这些文件，第一份是《患者治疗情况》，其中有一句描述：该患者因为失去睡眠进入城堡卫生院治疗，城堡卫生院的药物对之没有疗效。他又翻开第二份文件，《患者理性与情感状况》，其中有一个判断：情感是失眠的重要原因，但我们不知道患者心里是否还有情感，在临床诊断中，这是最复杂的情况。第三份文件是《治疗情况记录》，包括哪天入院、每天服药情况、进食情况、饮水情况、睡眠情况等。

k 先生对此没有任何疑义，所以在每份文件的底部写下自己的名字。在拿起鹅毛笔的那一刻，他又遇到了在测量培训部填写表格时的问题。他明明觉得非常自信，会写字，会思考，但当鹅毛笔尖落在纸上的时候，他觉得这支笔要将自己拖进一个谜。他知道这是幻觉，所以用力按住有魔力的鹅毛笔，工工整整地写下自己的名字。

之后，另一个医生又递过来三份文件：

“k 先生，我是睡眠研究所主事，欢迎您加入我们。这是进入睡眠研究所前的确认工作，三份文件都需要您签字，请您仔细阅读。如果没有疑义，请您签字。”

k 先生依次看了三份文件。第一份是《关于情感与理性的补充协议》，大意是治疗的基本方法，包括为患者创造温暖的环境，恢复情感，患者要学会控制刚恢复的情感，既要充分感受人性的温暖，又要确保心中的理性不会被情感覆盖或驱赶。读完后，他在下面签了名字。第二份是《睡眠研究所治疗章程》，他没有仔细看，因为太困了，不再有任何阅读的愿望，也就不再关心具体的治疗方式，所以迷迷糊糊地签了名字。第三份是《返回城堡与退出城堡规则》，他记得两个助手告诉他一些情况，也直接签了名字。

k先生再次坐在木板车上，然后躺下。他已经忘记了时间，忘记了空间，徒然地看着睡眠研究所的墙上一模一样的窗户，看着街边一模一样的树，一模一样的草。它们都失去了色彩，也失去了立体感，就像一张黑白色的平面画。木板车向右转，向右转，向左转……最后在一个没有名字的建筑前面停下。

这里是睡眠研究所的附属机构，两个助手帮助k先生填了四份文件：《患者身体情况》《患者心理情况》《患者入住须知》《患者治疗规则》。他明明是主角，却徒然地站在他们身后，像一个无关紧要的影子，不知道自己从哪里来，要到哪里去。

之后，k先生被两个助手搀扶着上楼，进入一个房间。进入房间的那一刻，他被震惊了。这个房间与他在布拉格的家那么相似，有舒适的沙发、宽阔的桌子，还有长势茂盛的植物，以及色彩明亮的画。两个助手出去后，这里的工作人员对他露出了笑脸，那么温暖，那么可爱。他惊呆地看着眼前这个年轻的女人，想到了自己的初恋情人。她似乎知道他在想什么，又好像不知道：

“k先生，欢迎来到睡眠研究所。这里是心理医院，但与您刚离开的卫生院不同，这里没有药物，只有温暖的情感。我们重视理性，但更重视情感，而且有办法恢复人的情感，恢复人类历史上最久远、最温暖的情感，至少恢复工业化时代之前的情感。这是一个全新的机构，在城堡建立初期并没有，是后来增加的。城堡对于纯粹理性的信仰让一些人失去了时间意识、空间意识，甚至失去了睡眠，有些人还会失去理性，然后在目的主义中越陷越深，变得精确、单一，也变得麻木、刻薄。城堡主事知道这个问题后，不得不做出妥协，成立了睡眠研究所。我们相信您在这里一定能恢复睡眠，恢复健康。之后，您可以离开城堡，也可以返回城堡，这是您的自由选择。如果您返回城堡，再次遇到这样的困难，我们欢迎您回来，这里的门永远对您敞开。”

k 先生沉浸在人性的温暖中，突然听到了敲门声。这个声音很柔和，并没有冲击到房间里的时间与空间，也没有引起时间与空间的对抗。另一个年轻的工作人员小心翼翼地走进来，连同走廊里凉爽的空气。让 k 先生惊奇的是，他牵着一只黄色的小狗。这只狗张着嘴，吐着舌头，仰头看着 k 先生。

“这是我们送给您的礼物。它会在这里陪着您，一直到您离开。无论您离开城堡，还是返回城堡，我们都欢迎您经常回来看望它。当然，它也一定希望您回来看望它。”

两个工作人员为 k 先生介绍这里的布局，一共三个房间：第一个房间是植物区，以及一个狗窝；第二个房间是思考区，有书架、桌子和沙发；第三个房间是休息区，有取暖炉，炉子边堆积着劈好的木柴，房间最里面有一张不大不小的床，淡黄色的床单，淡黄色的被子，淡黄色的枕头。

之后，两个工作人员与 k 先生告别，相互拥抱。在那短暂的一刻，他感到了人性的温暖，就像获得了新生。关上门后，他解开小狗脖子上的绳索，让它在房间里自由活动。它跑向狗窝，钻进去，打个滚，又开心地跑出来，跑到他身边，趴在他的脚上。他蹲下去，轻轻抚摸它的头。它闭上眼睛，沉浸在抚摸中，偶尔睁开眼睛，看看这个刚从理性中解放的人。他将它抱起来，抱在怀里，感受着它的温暖。这种温暖从远古而来，一瞬间就传到了他的心里。

k 先生放下小狗，走到书架旁，书架上摆满了书，包括中国的《诗经》、彼特拉克的《诗集》、卢梭的《新爱洛依丝》、拿破仑的《日记》、歌德的《谈话录》、托尔斯泰的《日记》、丹纳的《艺术哲学》……这些都是关于人类情感的伟大作品，陪伴人类度过了一次又一次危机，让错乱的理性冷静下来，在冷静中回归自己，然后怀着希望想象未来。对于这个问题，他有一种模糊的感觉，却不知道是不是情感的力量，但当他打开彼特拉克的《诗集》，看到了彼特拉克写给劳拉的诗歌之后，他认为这应该是情感的力量：

我的眼睛转向她的时候，
我鄙视世上的一切诱惑，为了她，
我再看见那温柔的微笑，
羞怯、甜蜜、温柔的微笑浮起，
在每种感觉中注入幸福的惊奇，
折磨我的苦痛在这喜悦里洗涤。

k 先生了解劳拉的一切，也了解彼特拉克的一切，他们的出生、死亡、爱情，还有他们的遗憾。所以，当他看到《诗集》旁边是法国人萨德的《书信集》时，他没有感到丝毫的惊奇，因为萨德是一个用情感对抗理性的勇敢者，又是一个在对抗中走向迷途的鲁莽者。这时候，他意识到睡眠研究所里的人竟然有如此深远的见识，他没有理由不感到惊奇。

其中的一本《书信集》里有萨德的一封信。他记录了自己的一个梦，他在梦里看到了劳拉，那是他的远祖亲人。1778—1790年，萨德违背了世俗伦理，臭名昭著，所以被关入巴士底狱，作为纯粹理性的冲撞者。最初，他陷入了绝望。他的理性已经失控，情感几乎完全消散，但他在狱中读到了彼特拉克的《诗集》，在里面看到了劳拉的身影，从而感受到了一直渴望而不得的温暖。那天夜里，他进入了这个梦：

> 临近半夜，我要睡去，劳拉忽然出现，她问我："你为什么在尘世哀叹？"
>
> 我回答："我所在的地方有很多错误、悲伤、麻烦……我的抽噎要将我窒息。"
>
> 她握住我沾满泪水的手，她也在流泪："我活在一个你厌恶的世界，但要向前看。我繁衍后代，直到你出世，不愿意看到你不幸。"
>
> 由于我的落寞，以及对于她的温情，我抱住了她，希望留住她，或者跟随她，让她感受我的泪水。

这个梦让萨德的情感与理性获得了平衡，之后他不再无限度地愤怒，也不再肆无忌惮地用愤怒表达理性。他知道无法改变这个世界，却可以自由自在地观察这个世界。无论身边的一切多么不可思议，他都有观察的愿望。法国革命时代，他逃脱了死刑处决，并出人意料地克服了厄运，然后摇身变成新时代的公民。尽管因伤风败俗的指责再次被关进监狱，但他觉得自己是好人，也就有理由用深奥和开阔的视野思考自己的时代，反对理性的滥用：

> 哲学家的政治诡辩是我极力反对的，我的国家近二十六年所经历的不幸主要归咎于求新者的堕落，他们作为的一些恶果仍未显现……同胞对之信任，就去实践关于自然权利、人民主权者和平等的抽象原理。

暮年将至，萨德仍旧被关在监狱里。他渴望自由，所以给拿破仑写信，希望他改变对自己的看法，取消对于他的道德压迫和情感剥夺，让他离开监狱。在这封信里，他承认自己犯过错误，但仍旧是好人，一个敢于对失控的理性发起挑战的好人：

> 萨德先生，一家之长，他的儿子在军队里表现出色，他在三个监狱生活了九年，是尘世最不幸的人。他已年逾古稀，几近失明，患有痛风和风湿病，痛苦难堪。夏朗东的医生证明他实话实说，认同他寻求自由的愿望，这是最后一次要求，他们发誓不会后悔支持他。

k 先生安静地读着萨德的《书信集》，然后进入那个已经逝去的情感世界，忘记了萨德的世俗之恶，反而从他的文字中一次次感受着情感的力量。那只小狗在地上翻滚、跳跃，又在他的脚边躺下。他觉得自己处在历史的温暖与现实的温暖之间，前一种温暖让他深刻，后一种温暖让他愉悦。他低头看了看小狗，小狗抬头看着他。忽然间，他觉得自己疲惫不堪，眼皮沉重，要将他的眼睛盖住。这是一阵消失已久的睡意，也是这个时刻他无法拒绝的睡意。

k 先生不知道睡了多久，一天、两天，还是三天。在迷蒙中，他听到了敲门的声音，又在迷蒙中看到两个工作人员的身影。他们在房间里走动，收拾落在地上的书，收拾被狗弄乱的一切。他们的动作看起来那么轻盈，隐藏着温暖。在这个时刻，他觉得他们是关于美好生活的希望。他睁开了眼睛，安静地看着他们，看着这个希望在他面前自由地伸展，伸展到他的心里，陪伴着理性，使之有能力逃脱目的主义的诱惑。

k 先生很快意识到自己的失礼，所以赶紧坐起来，整理好衣服，然后又站起来，庄重地向他们问好：

“请原谅我刚才的举动。我刚睡醒，很久没有睡得这么好了，就像一个幻觉。在这个幻觉里，时间消失了，空间也消失了，我不知道自己在哪里，也不知道自己还能不能醒过来。谢谢你们的出现，让我醒了过来。我仿佛看到了一个新世界，一个到处都是温暖的新世界。”

“k 先生，您太客气了，我们应该向您道歉，因为我们打扰了您休息。不过，看到您状态良好，我们感到高兴。我们之所以贸然进入，是因为我们敲了两次门，都没有回应。我们听到小狗在门边蹭来蹭去，但始终没有听到您的声音。我们之所以贸然进来，另一个原因是想为您介绍一个新朋友。他是一星期前来这里的，也是因为无法应对纯粹理性的冲击。得知您的消息后，他想见一见您，所以委托我们问一问，您是否也有这个愿望。他说自己是城堡里的捕手，也就是恶的捕手，您可能对这个身份有兴趣。”

在约定的时间，k 先生来到这个建筑中间的小树林。一个人已经在那里等待，坐在树下的木椅子上，背对着他。他缓缓地向前走，怀着期待，怀着疑问。那个男人听到了脚步声，转过身来，看着他。他永远不会忘记那双眼睛，像是一束光，一束让人沉思的光。

k 先生坐在对面的木椅子上，他又觉得这束光像是一把刀、一根棍子，或一张巨大的网。他不知道第一句话应该怎么说，只能安静地等着。对于人性测量员而言，这是一个难堪的时刻，他也不知道自己为什么会这样，但他的确不知道说什么。

“k 先生，很高兴在这里见到您。在您进入城堡之前，我已经知道您要来的消息。我看到了您的聘书的起草过程，所以知道您为什么进入城堡。但我没有想到您也像我一样来到这里，而且还可能是相同的原因。”

k 先生看着他的眼睛，听着他说话，既觉得清晰，又觉得神秘，就像听到了一个充满启示的寓言，慢慢地从平淡走向深奥。

“一年前，我来到城堡，与城堡主事会面。他遇到了一个难题，想尽办法，也解决不了。以前，我是一个检察官，在伦敦工作过，在巴黎工作过，在纽约工作过，还曾帮助城堡主事处理过一些经济纠纷。有一天，我刚坐船从纽约回到伦敦，就收到了城堡主事的信。在这封信里，他说明了建造城堡的目的，以及遇到的问题。其中，最让他最困惑的是制度与人性的关系。在这个城堡里，他希望消解资本主义时代的人性之恶、殖民主义时代的人性之恶、种族主义时代的人性之恶，为此制定了复杂的制度，并确信每种制度都能引导人性，然后重新定义现代主义。他几乎为城堡付出了一切，但总觉得自己会失败，而且不知道为什么会失败。所以，他陷入了迷茫。有时候，他觉得现代主义是一个让他厌恶的词，因为他根本无法消除其中的问题。有时候，他又觉得现代主义是一个古老的词，因为其中的很多问题自古就有。客观而言，他并不害怕失败，因为他有反抗的意志与能力。他害怕的是失败会以胜利的样子出现，让他无法拒绝，也无法反抗，然后在诱惑性的喜悦中走向虚无。在那个时刻，他想到了我，邀请我来到城堡，担任检察官，或者恶的捕手。与之前的工作不同，在城堡里，我不再写报告，不再读卷宗，我只需要用眼睛看，用耳朵听，从细微中发现具体的恶，以及实践具体之恶的具体的人，然后将之驱赶。这里是制度之城，一切行为都有相关的制度。但这是表象，表象下面还有一个隐秘的世界。为了进入这个世界，我像幽灵一样，在城堡里走来走去，却一无所获，因为我看到的一切，听到的一切都是符合制度的。我明明觉察到了那个隐秘世界的影子，却找不到这个影子的任何触角。我决定改变发现具体之恶的方式，首先熟悉城堡里的各种制度，然后去除心中的情感，作为纯粹理性的符号，在城堡里游荡。很快，我发现了隐秘的奴役与服从，以及从奴役与服从中衍生出来的恶。如果所有人都接受奴役与服从，一定有人希望出现在‘奴役’的前面、‘服从’的后面，而不是‘服从’的前面、‘奴役’的后面，也就是说，他希望成为‘奴役’与‘服从’的主子。如果这个人面对的是制度，他就希望奴役制度，或者让制度服从他。在城堡里，这样的人并不多，然而他们的力量却是颠覆性的。当多数人服从制度的时候，他出现在‘奴役’的前面、‘服从’的后面，其他人就会出现在‘服从’的前面、‘奴役’的后面。他一定不想让其他人知道这个秘密，于是制造了一个假象，让自己看起来也出现在‘服从’的前面、‘奴役’的后面。这种人是我要努力发现的，我称之为‘骑制度的人’。当我变成纯粹理性的符号后，我的眼睛在变化，好像能看到空间的变形，以及时间的快慢。多数人从我面前走过，我能根据他们身边空间与时间的条纹判断人性与制度的关系。如果他们在街上快速行走，穿越时间与空间的时候就像顶着风一样，我认为他们不是骑制度的人。相反，如果我发现时间与空间同时在一个人的身边聚集、缠绕、交错、重叠，就像粘在他身上，那么他极有可能是骑制度的人。只有这样的人能让时间变慢，让空间变形。他说一句话，就能让其他人为之忙碌很多天；他说另一句话，就能让这些人的忙碌变得一无所有。然而，他的每句话听起来都像在维护制度的声誉、保卫城堡的前途。这是一种具体的恶，一种隐秘却无可置疑的恶。很快，我发现了这样的人，他在街上走，坐在椅子上，或躺在床上，但无论到哪里，时间和空间都围在他身边，形成了一个无尽的旋涡。您来城堡之前，我已经驱逐了一个人。当我站在他的面前，安静地看着他时，他立刻明白了自己的命运，没有做任何辩解，就坦然地接受了驱逐。当天夜里，他离开了城堡，去小村子酒店的地下室生活。”

就像此前面对城堡主事一样，k 先生觉得自己失去了说话的能力，只保留着倾听的能力。他以为自己了解人性，知道人性的每个类型，以及每个类型的变化。然而，当他突然看到一种全新的人性，而且这种人性没有形状的时候，他就会失去说话的能力，只能看着这种人性一点点展开，就像看着一朵从未见过的奇异之花缓缓地展开，安静地等待着一个未知的结果。

那个人坐在k先生对面，仍然在滔滔不绝地说话，既让他感到确定，又感到迷茫：

"我在城堡里工作了一年，已经成为纯粹理性的符号。在这一年里，我没有笑过，没有哭过。当我将心中的情感删除后，我就失去了高兴的能力，也失去了难过的能力，就像一个符号一样，清晰、准确、高效地工作。但有一天，我发现自己失去了睡眠能力。最初，我还有些庆幸，因为我可以日夜在城堡里游荡，但身体从来不是理性的奴隶，理性也从来不是身体的主子。一天傍晚，有人发现我倒在路边的草丛里。醒来后，我已经躺在卫生院的床上。最初，医生每天给我一片药，最后每天给我五片，却无济于事，所以我被送到了睡眠研究所。让我惊奇的是，当天晚上我就陷入沉睡，一直睡了三天三夜。再次醒来后，我感到我的情感复活了，在理性的左右，有时候拥抱着理性，有时候敲打理性的头。那时候，我想到了我的孩子，我的妻子，我的父母，我想到了人性的各种样子，既包括虔诚的样子，也包括神秘的样子，骑着制度，不断变形，那么谦虚，那么高傲，那么确定，那么无常，有时候正气凛然，有时候慌里慌张……"

k先生不知道这个人说了多久，但他知道自己一句话也没有说。他一直在听，在迷茫中听，在混沌中听，像是看到了希望，却无法握紧这个希望。k先生确定他是一个善良的人、真诚的人、透明的人。但在城堡的秩序中，k 先生又觉得他有些神秘，像个谜。这让 k 先生觉得自己也像个谜，就像自己看到城堡里的一切都像谜一样。

两个助手突然出现了，站在 k 先生和那个人中间，打断了那个人的话：

“对不起先生，我们不应该打断您的话，但我们已经在那边等了很久，因为今天我们必须完成一个任务。”

k 先生与那个人握手告别，他觉得那只手既温暖，又坚韧。这种感觉很特别，既不属于城堡之内，又不属于城堡之外，好像是一种纯粹个人之间的认同感，而且是非常隐秘的认同感。

在睡眠研究所的一个安静的角落，两个助手将一个黄色信封交给了 k 先生：

“这是城堡主事要求我们交给您的就任聘书。正式版本已经上报测量培训部，这是备份。今天早上，我们就拿到了这个文件，但由于需要十六个部门的印章，所以我们在城堡里跑来跑去，直到盖完所有的印章。”

k 先生从信封里取出了聘书，言辞简洁：

k 先生，原为测量培训部土地测量班普通培训员，现为测量培训部主事。这是城堡主事的决定，也是城堡委员会的决定。在所有印章盖完后，此决定立即生效。

聘书上盖满了深蓝色的印章，一个挨着一个，没有挤压，没有重叠：城堡大门岗、城堡安全处、城堡总务处、城堡物资处、城堡生产处、城堡档案处、城堡记忆处、城堡制度委员会、城堡卫生院、测量培训部委员会、测量培训部接待处……

k 先生明天将要赴任，作为测量培训部的新任主事。他知道这个职务对他来说并不重要，但对于城堡的前途，对于城堡主事的理想却是重要的。两个助手陪他返回睡眠研究所的住宿处，收拾东西。回到那里后，他首先与小狗告别，然后与两个工作人员告别。他们看着他，脸上有奇妙的微笑。他们说欢迎他以后有机会再回来，语言还是那样温暖，面容还是那样宁静，既有时间与空间的平衡，也有理性与情感的平衡。

八

三个梦

在两个助手的陪伴下，k 先生一路向前走，经过睡眠研究所、城堡卫生院，又经过城堡塔楼。这时候，他又听到了那群狗的叫声。他遵守城堡制度，一边走一边克制情感，直到情感被压缩到不可见，心里只剩下纯粹的理性，然后用理性的眼睛看着一切，用理性的耳朵听着一切，用理性的身体感受着一切。

很快，k 先生再次来到测量培训部的大门前。这是一个只有理性、没有情感，只有目的、没有过程的地方，制度密集，然而正义是稀缺的，或者是沉默的。在测量培训部的每个角落，制度好像无处不在，在开阔的接待大厅里、在安静的培训室里、在长长的走廊里、在洗手间干净的木门上、在整洁的垃圾箱上，各种类型的制度足以规范培训员和培训生的行为与心理。然而，这里的制度有时候又像是漂浮的、游走的。他确定没有人明目张胆地触犯制度，但不确定是否所有人都能充分地实践制度。如果城堡制度受到了隐秘的欺骗，他们会不会挺身而出？他不否认城堡里的每个人都有这样的动机，但他们是否有这样做的勇气？

这时候，k 先生又想到了一个问题，当城堡里的大多数人虔诚地遵守制度，如果他们中间出现了骑制度的人，哪怕只有一个这样的人，城堡也会面临解体的危机，至少是信任的危机。最初，城堡主事相信自愿进入城堡的人是善良的，而且都是理想主义的信徒，所以忽略了这个问题。后来，他发现了一些不良的迹象，却不知道怎么办。

测量培训部的确是一块神秘之地。刚到这里的时候，k 先生感觉到了一种无法言说的神秘，并很快陷入其中。现在，他还是感到神秘，不过他已经是这种神秘的观看者。为了城堡主事的理想，或者说为了自己的理想，他愿意去刺破这种神秘。

在测量培训部的大门前，所有工作人员站在那里，等候着新任主事，包括接待人员、后勤人员、培训人员、安全人员等，他们的表情看起来一模一样，没有惊奇，没有喜悦。他们已经习惯了主事的更替，甚至认为这是一个可有可无的变化。k 先生走过人群，就像走过一个又一个符号。那些人看着他走过，也像看着一个符号走过。在人群中间，他看到了土地测量课程主事，他看起来一样没有惊奇，没有喜悦，没有惊慌，将 k 先生当作陌生人，或一个陌生的符号。

这段路并不长，k 先生却觉得像一个长长的梦。他从这个梦的一边走向另一边，劳累不堪。之后，他进入了测量培训部一楼的走廊，两个助手在前面打开主事工作室的门。这是他第一次进入这个房间，也是两个助手第一次进入这个房间。测量培训部主事职位已经空缺了很久，自从上任主事离开后，一直没有人填补这个空缺。

k 先生刚坐在木椅子上，就听到了敲门声。土地测量课程主事从门缝里看进来，他不再像刚才那样安静，他的眼睛里溢出了喜悦。然后，他从门缝里挤进来，走到k先生面前，微笑着，似乎有千言万语，却欲言又止。k先生知道这不是个梦，但他宁愿这是个梦。

课程主事站在k先生面前，看起来十分谦卑、温暖、冷静。从外面走来的路上，他已经将轻蔑、歧视与压迫的欲望统统甩到地上，或者挂在测量培训部门前的那棵树上，然后作为一个纯粹理性的符号站在k先生面前。

k先生知道那些轻蔑、歧视、压迫的欲望就像废纸一样落在门外的走廊里，或者挂在门前的树上，没有人会动这些东西。一会儿出去后，课程主事可能还会捡起这些欲望，重新放到自己的心里。但k先生又能怎么办呢？课程主事的所作所为都是符合制度的，尽管他骑着制度，甚至骑着城堡，但他一定认为自己是城堡的拥护者。谁都不能怀疑这个结论，既不能直接地怀疑，也不能间接地怀疑。相反，他认为所有人都要毫无条件地拥护自己的身份，就像拥护城堡制度一样。至少是在测量培训部里，他已经变成了城堡的信徒、制度的象征。

没有人知道这个过程是什么样的，课程主事可能也不知道，但他一定珍惜这个结果。然而，他仅仅是一个弱小的土地测量课程主事，管理着六个人。测量培训部还有空间测量班、时间测量班、文字测量班、设计测量班、资本主义测量班、殖民主义测量班、东方主义测量班，每个班都有课程主事，这是一个庞大的数字群体，他们有没有像他一样骑着制度？k先生相信他们不会这样做，否则城堡早就变成一片碎瓦砾了。

想到这里，k先生既觉得惊奇，又觉得疑惑。土地测量课程主事究竟以什么方式变成了测量培训部的象征，甚至变成了城堡的象征？在这个瞬间，k先生觉得有理由同情城堡主事。他散尽家财，建造了城堡，又耗费巨资，筹建测量培训部，并将之看作是城堡前途的引领者。之后，他用崇高的理想招纳了一批人，相信他们一定认同城堡制度，也相信他们一定在为城堡的前途而努力。但有一天，他发现了问题，所以失望至极，一怒之下解散了测量培训部，让这些人看看他们到底做了什么，也让他们看看没有测量培训部，城堡也可以照常运行。一年后，他又恢复了测量培训部，希望他们接受这些教训。然而，k先生觉得他可能错了，测量培训部的确出了问题，但不是每个人都有问题。

根据城堡制度的要求，测量培训部驱逐了情感，信仰纯粹的理性，避免变化无常的情感所导致的问题，然后用高效的目的主义重新规划现代社会的前景。但测量培训部实践的是孤立的数字教育，而不是博爱教育。这里有明确的分工制度，为了确保分工制度的运行，城堡主事又为之设定了很多辅助性的制度。城堡主事无限地相信制度，相信制度能规范人性。对于那些真诚的人，这是一个崇高的理想，他们会为之无限付出；但对于那些善于变形的人，这是一个笨拙的理想。最终，测量培训部的制度被一个变形人俘获了。但这一定不是城堡主事的错。作为一个具体的人，为了实现关于理想社会的想象，他只能做这么多。

在k先生低着头思考的时候，其他课程主事也挤了进来，站在土地测量课程主事身边。他们看起来一样，一样的眼睛，一样的鼻子，一样的嘴。他们在等待着，等待着k先生接受他们谜一样的存在。k 先生看着他们，的确像看着一个又一个的谜，挤在一起，就像一团神秘的雾。他忽然意识到这种感觉曾经出现过，可能是得知土地测量班的投票结果之后，在他缓慢下沉的时候。

他们站在 k 先生面前，作为城堡的拥护者，看起来十分虔诚。在一个瞬间，他们一起微笑，微笑中隐藏着深沉的温暖，没有一点刻薄。在另一个瞬间，他们同时停止微笑，看起来那么确定、透明，没有一点灰色。k 先生希望向土地测量课程主事提三个问题：谁剥夺了他进入图书馆的资格，谁剥夺了他自由授课的资格、谁剥夺了他指导培训生的资格？这些问题像三个等待燃放的烟花一样，向上冲，冲到他的嗓子里却停止了，变成了哑弹，因为土地测量课程主事所做的一切都符合城堡制度，自始至终没有错，但到底是谁错了？

面对这个难以捉摸的数字群体，k 先生的确不知道怎么办。他是人性测量员，知道人性的各种类型。然而，当他真正面对这些类型的具体表现时，他觉得自己并不是一个称职的人性测量员，更不是人性的改造者。

交接完工作事宜之后，k 先生坐在木椅子上，看着窗外的人、窗外的树、窗外的路。平心而论，他对于那些在城堡里工作的普通人是满意的，甚至是感激的。他们整日沉默不言，勤勤恳恳，任劳任怨，无条件地压制情感，在纯粹理性的状态中实践城堡的理想。他们对于当下的生活可能并不满意，但未来的希望让他们甘愿接受当下的一切，接受没有情感的生活。所以，城堡主事一定会感谢这些平凡的劳动者，感谢他们的付出，感谢他们的忍耐。他们看起来可有可无，像一群没有区别的符号，但正是得益于他们的付出，城堡才能日复一日平稳地运行。

夜幕将至，两个助手敲门进来，告诉k先生可以离开了。他走出工作室，经过走廊，经过接待大厅，从接待大厅里出来了两个人，一前一后从他面前经过。他们知道他是新任主事，却没有任何改变，与以前一样的面容，一样的步伐。k先生觉得这不是冷漠无情，相反这才是城堡主事所期待的制度人的形象。他们来到这里，知道自己的目的，也知道城堡的目的，然后为了这些目的匆匆忙忙，拒绝变形，拒绝诱惑，既没有非分之想，也没有玩弄制度的欲望。

又是一个辗转反侧之夜，但k先生没有完全失眠，他做了三个梦，一个梦接着一个梦，无法沉睡。他感到自己的心理在剧烈地变化，有时候情感变少，有时候理性变少，有时候意识清晰，有时候意识模糊。

第一个是颠倒的梦。一切都是颠倒的，塔楼倒立着，树木倒立着，测量培训部倒立着，所有的人也都倒立着。只有k先生没有倒立，所以在其他人的眼里，他才是倒立的，倒立着走路，倒立着工作，倒立着说话。迫不得已，他接受了这个说法，成了一个并不倒立的倒立者。他觉得自己的声音也是倒立的，在任何地方说话都有回音，而且回音很大，他必须等着第一句话的回音结束后才能说第二句，否则就会被回音吞没。他就在这个梦里颠倒地活着，有时候出现在测量培训部，有时候出现在印刷厂，有时候出现在织布厂，有时候在餐厅做炊事员。作为一个倒立者的形象，他与城堡里的人慢慢熟悉，他们习惯了他的倒立，他也习惯了他们的倒立。不知过了多久，他变成了一个满脸皱纹的老人。

没有人知道这个倒立者还能活多久，但他们知道他改变了测量培训部，再也没有人能操纵那里的制度，再也没有人受到制度的挤压，所有人都相信制度能让人性变好。在测量培训部，情感在一点一点回归，那里也就不再是纯粹理性之地。培训生可以自由自在地思考，也可以选择自己的方向；培训员获得了自由自在的讲授环境，自己决定讲什么，用什么方式讲，或者讲到什么程度。在测量培训部的走廊里，与每个人迎面而过的都是温暖的脸，他们相互问候，谈论着那个几乎见不到的倒立的主事。测量培训部由此成为城堡的典范，城堡主事对此非常满意，很快决定在整个城堡推广。之后，城堡不再是纯粹理性之地，情感在慢慢地回归。有些地方已完全被温暖的情感覆盖，例如那个边界之地，所有人都可以光明正大地来这里消遣，获得温暖。在这个梦即将结束的时候，k 先生拖着老迈的身体，与城堡主事告别，又与城堡里的所有人告别。为了感谢他的付出，在他离开的当天，城堡委员会为他立了一尊倒立的雕像，雕像的名字叫“倒立者”。

在第一个梦向前延伸的时候，k 先生已经觉得很疲惫，但第二个梦已经排在第一个梦的后面，等待着开始。他翻了一个身，希望将这个梦赶走，但它仍在那里，等待着开始。他使劲挤了挤眼睛，希望将这个梦挤碎，但它仍在那里，等待着开始。他又在这个梦的面前大吼了一声，希望将它吓走，但它仍在那里，等待着开始。最后，他只能看着这个梦慢慢地展开。

这是一个黑白的梦。梦里的一切不是黑色的，就是白色的，或是黑白相间。k 先生在一条宽阔的路上走着，第一棵树是白色的，第二棵树就是黑色的，第一个建筑是白色的，第二个建筑就是黑色的……他遇到了很多人，这些人不是黑色的，就是白色的，或黑白相间。他走到城堡塔楼面前，这个高耸入云的建筑上布满了黑白相间的条纹，看起来奇幻无比。这时候，一群人走过来，可能是八个，也可能是十个，他们抬着一个长条形的白色木盒子。他还没有来得及看清楚这些人的样子，就听到其中一个人对着他大喊：

“这是你的归宿，请进来吧，我们要将你抬到你应该去的地方。”

k 先生不知道怎么回答，只好由着他们。其中一个人看起来十分冷漠，或冷静。他打开白色木盒子，等着 k 先生进去。k 先生不知道为什么要进去，也不知道会去哪里，所以就在黑白色的塔楼面前等待，等待城堡主事出来，向他解释即将发生的一切，或等着这群人告诉他一个伟大的理想。在无言的等待中，这个梦不再继续展开，就像一幅没有完成的铅笔画。每个人都能看到这幅画的大致轮廓，也就知道发生了什么事，但所有的线条突然停止了，不再延长，不再变粗，所以没有人知道这幅画最终会变成什么样子。

这时候，k 先生感到有些压抑，呼吸困难。他翻了一个身，那个梦又动了起来，缓缓地展开。他不知道自己如何进入了白色的木盒子，也不知道自己为什么在里面躺下来。他躺在里面，看着这群人，他们表情一致地忙碌着，没有惊奇，没有愤怒，没有期待。这群人也在看着他，像看着一块石头一样看着他，或者像看着一块木头一样看着他。突然间，他感到四周几乎都是黑色，因为那个木盒子被盖上了。最初，木盒子周边还能透进一点光，他能听到他们在说话，“用泥巴封起来”，然后一片漆黑。他感到他们抬起了木盒子，每侧四个人或五个人，快速地行走，向左转，向右转，直行，向左转，向右转，直行……他知道自己还在黑白相间的城堡里，却不知道在城堡的哪个地方。这群人抬着木盒子一直走，绕来绕去，始终不停，像是迷了路，这个梦由此陷入了重复中。

k先生有些不耐烦，还有些生气，所以翻了个身，结果掉到了床下。他的身体没有完全掉下去，只是双腿掉了下去，但他已经醒了，这个梦就此结束。对于梦中的一切，他感到既好奇，又迷惑。四周一片昏暗，迷惑的感觉越来越强烈。他赶紧下床，找到蜡烛，用火柴点燃。当浑黄的光照亮了房间里的一切，第二个梦才彻底结束。

k先生再次躺在床上，他感觉更累了，而且有些饿，几乎无法入睡。他在床上翻来覆去，就像去睡眠研究所之前那样。他有些担心，然而睡眠研究所就像一个无与伦比的安慰，让他不必为此担心。他想到了那里的工作人员，还有那只温暖的狗，竟然睡着了，而且十分香甜。一个彩色的梦钻进了他的睡眠，就像那只狗钻进了他的怀抱一样。他抚摸着这个梦，就像抚摸着那只毛茸茸的狗。他看到眼前是辉煌的色彩，红色、蓝色、绿色、黑色、紫色……

突然间，k先生发现这个梦里有一扇打开的门，或者说这个梦就像一扇缓缓打开的门。他站在门口，看到土地测量课程主事经过，他喊住他，指着他的鼻子大声告诉他：

“你以为你信仰目的主义，就能骑着制度吗？你以为你用隐秘的方式欺压那些为了城堡的未来而竭尽全力的人，就没有人知道你骑着制度吗？你以为你看起来像城堡里的每个人一样，就没有人知道你是一个伟大理想的颠覆者吗？你已经进入城堡档案，作为伟大理想的颠覆者。城堡主事会为你制作一张名片，上面印着‘变形人’。”

听到k先生的责备，土地测量课程主事瞬间萎缩了，就像一个破了的气球。k先生帮他堵住泄气的口，然后看着他，就像看着一个衰败的古物。这个人的确是一个古物，在人类历史上经常出现，每次出现几乎都是伟大理想的破坏者。但k先生知道这个古物不是自己创造出来的，是他的父母创造出来的。他的父母也不是自己创造出来的，是他的曾祖父、曾祖母创造出来的。而他的曾祖父母也不是自己创造出来的……想到这里，k先生觉得有理由原谅他，却充满了担忧，因为他也可能会将这个习性向后传递，传递给自己的孩子，再一代代向后传递。k先生看着他，内心充满了同情，但面容冷静。这个人已经泪流满面，他的泪水是彩色的，四处飘散，然后变幻成无数的影子，围绕在自己身边。

k先生不知道怎么办，这个梦于是悬在空中，像雨后的彩虹一样，静止不动。他翻了翻身，这个梦瞬间变换了场景，之前的颜色像破碎的冰一样四处飞散，又在空中重新组合。这是一个秋末的清晨，他站在一片草地里，远处有一棵大树，阳光从树叶中间照过来，像一束彩色的光。他闭上眼睛，这束彩色的光在他眼前晃动。他又睁开眼睛，看到他的妈妈从彩色的光里向他走来，离他越来越近，站在他面前，对着他微笑。他伸手摸了摸，什么也摸不到。他的妈妈笑了，好像小时候对着他笑的样子一样。他又伸手摸了摸，还是什么也摸不到。他看到梦中的自己在流泪，躺在床上的自己也在流泪。他看着那个只有在幻想中才会出现的妈妈，看着在她身后舞动的色彩。他不想这只是个梦，但梦里的妈妈告诉他这的确是个梦，一个在太阳出现后就会消失的梦：

“在你小的时候，我们就谈起过这样的梦。那时候，你还不太懂事，我告诉你有一天我们会在梦里相见，而且只会在梦里相见。之后，你慢慢懂事，然后进入了深奥的人性，但仅仅是一个旁观者。我又告诉过你，有一天你可能会在人性里迷失，但那不是你的错，也不是人性的错。一阵风吹过树丛，树叶在晃动，风改变了形状，树叶不能责怪风，风也不能责怪树叶。这个世界上最深奥的就是人性，所以你有理由在人性里迷失。一个人用自己的方式展示深奥的人性，我们可以说他是高尚的，也可以说他是神秘的，却不能说他是错的。”

在这个时刻，彩色的梦中央又出现了一扇门。他穿过这扇门，看到的还是一样的情景：秋末的清晨，一大片草地，远处有一棵大树，阳光从树叶中间照过来，像一束彩色的光。他向后看了看，又向前看了看，几乎一模一样，但在前面等待他的不是他的妈妈，而是一个大胡子男人，穿着黑袍子，低着头在嫩绿的草地上走来走去。他的后边有一个篮子，他走来走去，始终没有理会这个篮子，好像也没有看到远处的 k 先生。但 k 先生看到了他，并正在为此吃惊，还有一点害怕。他想退回去，穿过那扇门，回到妈妈身边，但那扇门已经消失了。他的慌乱打破了这里的宁静，大胡子男人发现了他。k 先生站在那里，一动不动。大胡子男人向他挥手，示意他过去。k 先生之所以向前走，是因为他没有向后走、向左走或向右走的理由。他看到大胡子男人在笑，露出一排黄色的牙，但他的眼睛是那样清纯，里面有赤子之光。

“我是列奥纳多，全名是列奥纳多·迪·瑟·皮耶罗·达·芬奇。这里是梦中之梦，我已经看到了你刚才经过的那个梦，五颜六色，像一道彩虹。我看到了你，也看到了你的妈妈。这让我更加难过，因为我的梦里只有那个篮子，而我躺在那个篮子里，等待着一个已经永远消失的妈妈。”

说到这里，列奥纳多指了指远处的那个篮子。篮子里有棉被，棉被里有个婴儿，挥着手臂，踢着腿：

“那个婴儿经常在我的梦里出现，那是以前的我。我知道他在等他的妈妈，却总是等不到。他仿佛看到了一个模糊的影子，那个影子就是他的妈妈。但那个影子始终模糊，而且背对着他，就像一个谜。他的手在动，他的脚也在动，想要揭开这个谜。每当这时候，一只秃鹫就会落在篮子旁边，用尾巴撞开他的嘴唇，碰撞他的嘴唇。一个叫弗洛伊德的人用性意识解释秃鹫的目的，简直是胡言乱语。那个婴儿在等待他的妈妈，我也在等待我的妈妈，而我和他等待的是同一个人，因为那个婴儿就是我。但我们没有你那么幸运，我们等待了一生都不会有结果，而你只要做梦，你的妈妈就会出现，有时候高兴地出现，有时候悲伤地出现，但看到你的时候，她一定会高兴起来。哪怕这是一个幻想中的妈妈，但你知道她是谁，或者说你知道自己的妈妈应该是什么样子的。”

半睡半醒中，k 先生听到了敲门声，一阵又一阵。他确定这个声音不是来自梦里，因为梦里的那扇门已经消失了。他睁开眼，但这个彩色的梦没有完全消失。每当他眨眼睛，也就是在睁开眼睛与闭上眼睛的瞬间，那个梦就会出现。

根据测量培训部的制度，新任主事要定期向城堡主事汇报未来的工作计划。他跟在两个助手身后，迷迷糊糊地向塔楼走去。他不知道这个彩色的梦什么时候结束，但他希望这个梦不要结束，所以频繁地闭上眼睛，看着那个大胡子男人，看着他看着的那个篮子，他好像还有很多话要对自己说。

九

理想主义者的告别

两个助手在前面带路，他们向左转，向右转，直行……在进入城堡塔楼的石头台阶上，两个助手停下来，等着 k 先生，因为他走得很慢，东摇西晃，时走时停。经过大门进入塔楼后，他依旧在这个梦里。每当短暂闭上眼睛的时候，他觉得这是梦，但他宁愿相信这是涂了色彩的现实，或变了形的现实。现实有多迷幻，这个梦就有多迷幻。

城堡主事示意 k 先生坐在那把他以前坐过的木椅子上。k 先生觉得这个梦应该结束了，所以再次闭上眼睛，回到梦里，告诉列奥纳多他要走了，要去完成一件重要的事。这件事之所以重要，是因为它既是开始，也是结束，所以不能错过。k 先生还告诉列奥纳多，如果有机会，自己还会回来，带领他穿过那扇门，回到这个梦的第一重，让他见一见那个理想中的妈妈。k 先生觉得那应该是所有人的妈妈，或者说是一个符合最高理想的妈妈，她的心里有温暖的爱、宽广的爱，既不强迫，也不说教，既不会将自己的愿望压在孩子身上，也不会将孩子看作是通向荣耀的工具，所以这样的妈妈是人类美好情感的起源。然后，k 先生睁开眼睛，关闭了这个梦。城堡主事已经将两个助手差遣到外面，关上了门：

“k 先生，很高兴再次见到您。我们上一次的见面仿佛近在眼前，又恍如隔世。我不知道这段时间您经历了什么，就像我不知道城堡在这段时间，以及之前发生了什么一样。我对其他人不会这样说，因为他们以为我知道城堡里的一切。他们有时候也会来这里，告诉我城堡里发生的一切。他们确定他们报告的就是一切，但我知道他们只会告诉我想知道的。实际上，他们知道这并不是我想知道的，因为他们有意隐藏了我想知道的。我知道他们隐藏了很多，但他们为什么要这样做呢？我建造了城堡，而他们都有伟大的理想，也拥护城堡里的所有制度，因为这些制度会通向这些伟大的理想。他们说自己是透明的，城堡里的一切也是透明的，他们坐在我面前，看起来的确是透明的，他们为什么要这样做呢？我之所以聘用您，是因为您能帮助我解开这个秘密。最初，我想直接聘用您担任测量培训部主事，可是当我意识到他们并非透明的时候，我放弃了这个决定，然后聘用您为普通培训员。每当想到城堡里的一切，我会有一种失败感。我希望您能帮助我打碎这种失败感，别让它将我罩起来，那样我会感到窒息。”

“主事，谢谢您的信任。在这个无限加速的时代，在这个机器轰鸣让人失去身体意识，失去精神意识，甚至失去自我的时代，您知道人与人之间最珍贵的是什么吗？”

城堡主事在 k 先生对面坐下来，没有回答，但他应该知道。一个年逾古稀之人，经历了人世间最刻骨铭心的往事，孤单一身，无依无靠，有什么是他不知道的？他没有回答，是因为不想打断 k 先生的话。

“主事，我觉得您应该知道，而且比我理解得更深刻。我觉得人与人之间最珍贵的是信任。在这个时代，每个人面对的几乎都是陌生人。目的主义可以让他们粗浅地了解对方，但在彻底熟悉之前，那个目的就会结束，他们瞬间又变成了陌生人，低头而过的陌生人，相互熟悉的陌生人。我想您一定知道这个问题，所以在城堡里采取了应对措施，也就是表格。正式入职之前，我填写了很多表格。最初，我感到迷惑，但很快就知道了表格的意义。古代人的活动范围很小，相互熟悉，不需要用表格说明自己是谁。现代人的活动范围变大了，身边都是陌生人，古代社会的那种熟悉感消失了。在无限的流动中，陌生人之间还会有短暂的温情，但这种温情就像屋子里的装饰一样，看起来很重要，实际上可有可无，那么他们用什么证明自己的身份？您认为是表格，对于一个个不可预期的陌生人，表格意味着身份，表格让这些人从没有区别的符号变成有区别的生命，然后让他们找到各自的归宿。然而，我觉得还有比表格更重要的东西，那应该是信任。当表格变成了目的本身，当目的在无限变化的时候，表格的力量可能会减弱，甚至会成为一种负担。而信任可以在陌生人之间创造一种逃离目的主义的联系。所以，您对我的信任，我会更加珍惜。这种信任不是源于我的服从，也不是源于您的施舍，而是我们之间平等的注视，或共同的期待。尽管情感在城堡里是不合时宜的，至少要为纯粹理性让路，但我仍旧要说明信任与情感的关系。您可能认为信任对于这个理性之城是可有可无的，因为目的才是理性之城的根基。然而，当我以隐秘的角色进入城堡后，我发现了纯粹理性对于城堡的侵蚀。每个人都有自己的目的，每个目的很快会消失，另一个目的取而代之，所以城堡里的人日夜奔忙，从一个目的奔向另一个目的。他们的眼里只有目的，寻找目的，实现目的，然后寻找新的目的，实现新的目的。在无尽的奔忙中，他们忘记了最初的目的，也不知道最终的目的。如果没有情感，目的就是无限的，而且可能是没有意义的，至少对于一些人是如此。目的主义就像一根生机勃勃的藤蔓，它在肆意地生长，想要爬上一堵墙，而情感是墙面的起伏，也是藤蔓向上爬的触角。但陌生人之间的情感是飘忽不定的，所以一阵风吹来，藤蔓就会摇晃，很容易脱离触角，坠落在地。而信任是高尚的情感，也是最有力量的触角，既能吸引藤蔓，也能接纳藤蔓，而且愿意与藤蔓结合，变为一体。不过，最珍贵的东西往往最稀缺。信任之所以珍贵，也是因为稀缺。而信任之所以稀缺，是因为它是理想主义者的礼物，现实主义者无法承担，穿着理想主义衣服的现实主义者更无法承担。”

城堡主事低着头，安静地听着，依旧没有回答，他还是不想打断 k 先生的话：

“主事，像您所要求的那样，我在测量培训部工作的时候，一直隐藏着您对于我的信任。我衣着破旧，看起来像城堡的弃儿。我缩在墙角里，像一根最弱小的藤蔓。我要往墙上攀援，但没有可以攀援的触角，只能在地上生长。所有的藤蔓都爬上了墙，我只能在地上生长。没有充足的光，我的叶子在变黄，我的根茎在变弱，爬上墙的藤蔓也就有理由认为我是城堡的弃儿。在这种期待的注视下，我也觉得自己是城堡的弃儿。在那一刻，我好像静止了，感到自己在下沉，失去了时间意识和空间意识。我觉得时间忽快忽慢，空间忽大忽小，时间无数次渗入空间，却无法与之融合。在这个时刻，我甚至觉得您的信任像一个虚无的梦，一个诱惑我进入城堡的虚无的梦。所以，我觉得自己变成了虚无。城堡里的每个人都能让我的时间扭曲，让我的空间破碎。”

城堡主事似有所悟，他抬起头，看着 k 先生：

“k 先生，您说得有道理。在建造城堡之前，我已经想好了最重要的规则，也就是让理性与情感分裂，让空间与时间分裂。对于目的主义的信徒来说，这是荒谬的规则，纵然理性与情感可以分裂，但时间怎么能与空间分裂呢？相反，他们一直生活在时间与空间交错的世界里，用时间改造空间，或用空间标记时间。只有这样，他们才能感到自己的存在。但我坚持自己的愿望，所以城堡采取了相同的建筑策略，相同的墙壁、相同的窗户、相同的街道、相同的树木，还有相同的人。这样，空间区别就会消失。在一个空间相同的地方，时间的意义会降低，时间与空间也就可以分裂。所以，您会有这种感觉，就像城堡里的其他人一样，有时候我也有这种感觉。我之所以为了城堡不顾一切，是因为另一个愿望。我是现代主义的孩子，当然是一个叛逆的孩子。现代主义养育了我，我却要打碎它，不只是因为现代主义的源头是资本主义、殖民主义、种族主义，还因为现代主义粗暴地改变了时间与空间，例如在我们这个时代越来越浓厚的焦虑与拥堵。焦虑是源于时间扭曲的感觉，而拥堵是源于空间破碎的感觉。当时间意义的焦虑与空间意义的拥堵汇聚在一起，一种新的感觉会出现，也就是抑郁。我在您的很多作品里发现了这个问题，越读越像陷在泥潭里，时间是泥泞的，空间也是泥泞的。所以，您对于时间错乱与空间错乱一定不陌生，或者说曾经深受其扰。在城堡里，我希望解决这个问题，但我无法同时改变时间与空间，所以用改变空间的方式解放时间。当然，我承认没有很好地实现这个愿望，至少对于一些人而言，他们失去了时间意识。”

“主事，我理解您的意思，但我又觉得您想得过于简单。有时候，我将时间意识的混乱归结于城堡的力量，有时候又觉得不是。城堡有时候让我失去时间意识，却不足以将我的时间意识彻底打乱，然后变成一种解不开的混沌。每当我在时间的旋涡中头晕目眩，开始下沉的时候，我仿佛看到了这种混乱的两个层次，第一个层次是您刚才说的，第二个层次是您可能并不知道的，或者是您为此而困惑，并且也想知道的。进入城堡的人都知道城堡是一个伟大的理想，他们一定认可这个理想，所以愿意服从城堡里的制度。然而，一个人面对城堡里的制度，他可能会变形，或者说要做出选择。他会变成城堡制度的拥护者，也会变成城堡的象征，甚至是城堡本身。城堡里的每个人都是制度的拥护者，他们会为这个身份而自豪。但只有少部分人会以为自己是城堡的象征。他们觉得自己如此地拥护城堡，所以只有变成城堡本身，才对得起自己的虔诚。如果这只是一个内心的愿望，他们是可以这样想的，什么时候都可以这样想，想多少次都行。如果他们试图将这个想法变成现实，他们就会分裂。他们看着一个不断变形的自己，看着巨大的城堡，然后看着这个不断变形的自己变成了城堡。这时候，他们会获得一种神秘的力量。他们拿着城堡里的制度，就像舞动着一根魔法棒，让时间变慢、停止或倒流。除此之外，他们还有一种力量，或一个愿望，他们希望自己变成时间的旋涡，而且是一个最大的旋涡，将其他人的时间吸过来。他们会成为时间之王。在空间不变的情况下，这个时间之王会有绝对力量。但我之所以说他们是分裂的，不只因为他们与自己分裂了，还因为他们与城堡分裂了。有时候，他们觉得自己变成了城堡本身，可是一种看不见的力量又让他们意识到自己是城堡的背叛者。实际上，这种力量并不神奇，也就是隐藏在心底的常识或良知。然而，这个分裂的过程是神秘的，似乎无迹可寻，却又无处不在。所以，我的时间错乱与城堡有关，更要归咎于这个神秘的过程。”

“k 先生，谢谢您的见解。但您可知道，这些问题我早就想过了。其中一个问题我或许比您认识得更清楚，也就是变形人。您在城堡里经历了意想不到的静止或下沉，应该知道这种人的存在。我的历史意识并不深厚，我对人性的理解也是片段化的，所以不敢贸然提出这个结论，但我又觉得应该提出来，因其关系到城堡的前途：在人类历史的起伏中，最难以把握的是人性与制度的关系。这种关系之所以难以把握，又是因为什么？我觉是人性与制度的偏差，偏差的结果不是人性服从于制度，而是制度服从于人性。但制度无法服从于所有人，只服从于那些不得不服从的人，然后剩下的人服从制度。于是，一个我们不愿意看到的结果出现了：服从本来仅仅是一个动作，在城堡里却变成制度本身。这个过程是不可见的，我们能感受到，却看不到。想到这里的时候，我对于现代主义的态度更加复杂。我们将这个世纪的很多问题归咎于现代主义，例如资本主义导致的压迫、殖民主义导致的征服、种族主义导致的无情，但有些问题并不是现代主义的错，或者说这些问题并不是现代才出现的，而是自古以来就有的，我们却为这些问题穿上了现代主义的衣服。我们都觉得自己是现代人，我们遇到的困境也就是现代主义的困境，但实际上不是，我们遇到的困境有时候是人性的困境，或者说是被人性扭曲的现代主义的困境。当然，我不是为现代主义做无罪辩护，因为在受到压迫、剥削与损害的东方面前，现代主义的信徒可以说自己胜利了，却不能说自己的信念是公正的。”

说到这里，城堡主事安静地看着 k 先生。这是一种无限蔓延的安静，其中似乎隐藏着极具冲击力的动荡。城堡主事仿佛是这种冲击力的来源，又好像被这种力量挟持，不得不安静下来。k 先生觉得更是如此，他没有理由眨一眨眼睛，没有理由动一动腿，也没有理由发表自己的观点，只好目不转睛地看着城堡主事。

“k 先生，我请您来城堡，当然不是为了这些我已经知道的，我希望您为我想个办法，让我在暮年之际不再有困惑，或者让我看到脱离困惑的希望。这是一个前所未有的时代，整个世界的面貌已经改变，或者按照马克思的话：‘一切坚固的东西都烟消云散了，一切神圣的东西都被亵渎了，人们终于不得不冷静地直面他们生活的真实状况和他们的相互关系。’在这个新时代，有的人可以无限度地挥霍，更多的人却要忍受难以言表的痛苦。有人将这种现象称作是‘现代主义’，但我觉得现代主义不应该是这样的，更不想现代主义完全被资本主义、殖民主义、种族主义支配。有时候，我觉得我不是父母生下来的，因为我从小就没有见过他们，他们抛弃了我，所以我有理由怨恨他们。这是一种让我迷失的怨恨，因为这种怨恨没有目标，好像与一切有关，又好像与一切无关。我曾经四处寻找我的父母，想尽一切办法，但谁都不承认是我的父母。在那些艰难的时刻，我突然觉得我应该是历史的孩子。但在历史的怀抱里，我又会陷入分裂，经常在现实主义与理想主义之间摇晃。有时候，我觉得自己是现实主义的信徒，冷漠残酷，拒绝情感。有时候，我觉得自己是理想主义的信徒，而且有一种源于本能的狂热，勇敢地用虔诚、恭敬、纯真击碎眼前的虚伪、复杂与昏暗。有时候，我又会陷入现实主义与理想主义之间的缝隙。那是一种被挤压的感觉，我不知道怎么做才是对的，每当偏向一边，我都会自我否定。让我意想不到的是，城堡里就有这样的缝隙。每当一个变形人来到我的面前，尊敬地看着我，虔诚地汇报城堡制度执行的情况时，我都会有这种感觉。我看着他们站在我面前，就像看着那种挤压的力量在一点点侵袭我。然而，我又能怎么办呢？他们做的一切都是符合制度的，他们看起来也都是透明的，没有任何模糊不清。”

之后，那种弥漫的安静又出现了，像空气一样，无所不在。k先生觉得瞬间被它包围，他不敢动，甚至觉得自己的呼吸都是多余的。城堡主事闭上了眼睛，看起来十分安详，却像是爆发的前奏。k先生听到了他的呼吸，这种声音越来越大，在他身边缭绕，钻入他的头发，钻入他的衣服，然后飘浮在空中，缠绕着从窗外射进来的光，像久别重逢的情人一样抱在一起，四周都是灰尘。在这对情人忘我的时刻，k先生决定打破让人窒息的安静：

“我们又能怎么办呢？在我成为测量培训部主事之后，一个曾经站在您面前，挤压您的变形人站在了我面前。我与您的感觉一样，我也觉得他做的一切符合城堡制度，他看起来也是透明的，没有任何模糊不清，但我知道他是一个骑制度的人。在城堡里，所有人都遵守制度，但只要出现一个这样的人，城堡的根基就会摇晃，因为这样的人足以破坏信任，而且会彻底驱赶或打碎理想主义。如果没有力量阻止，这样的人会越来越多，两个、三个、四个……纯粹理性所维护的正义就会消失。他们不惜过度使用形容词，过度使用面部表情，有时候甚至会动用泪水，以诱惑的方式驯服情感。面对这种状况，我们会觉得城堡已不复存在，他们却觉得正义的光芒才刚刚照耀城堡。这时候，情感即使再次出现，也无济于事。相反，情感有可能会成为纯粹理性的助手，为不良状况辩护。”

“所以，我聘用了恶的捕手，寻找以正义面目出现的恶。我最初觉得城堡制度是伟大的，后来又觉得城堡制度并不具备自我伟大的能力，因为它们就像木头一样，无法辨别具体的恶。迫不得已，我聘用了具体之恶的捕手。对于普遍的恶，也就是无所不在的恶，一个具体的人是没有办法的。他只有两条路：一条路是与恶共舞，变成恶的一部分；另一条路是沉默不言，看着恶到处蔓延，无所不在，无所不能。这样做都是有问题的，但他又能怎么办呢？殖民主义是普遍的恶，我选择了第一条路，然后变成了殖民主义之恶的一部分。所以，在殖民主义之恶到处横行的时候，我不觉得自己是恶的。相反，我认为阻挡殖民主义的人才是恶的，必须消灭他们，可以有借口，也可以没有借口。只有当我离开了普遍的恶，我才能看到普遍的恶，以及自己的恶。面对这种恶，我会用普世道德去谴责，但几乎没什么用。实际上，我可以对付具体的恶，每个人也都可以，找到恶的起源、恶的象征、恶的实践者，一定不要用普世道德去谴责，而是用具体的方法去对付它，勇敢地驱逐它，冷静地消灭它。这是对付具体之恶的方法。我相信城堡里的恶属于具体之恶，因为这里的多数人都是向善的，即使不向善，制度也能让他们远离普遍的恶，所以当城堡出现问题的时候，我们应该寻找具体的恶。然而，这个目的是有风险的，我也知道这样做的后果，那个捕手的出现可能意味着城堡的晃动。为此，我选择了一个无可挑剔的人，并限定了他的力量，不能任意捕捉，不能任意处罚，多数情况下点到为止。不久之后，那个恶的捕手已经无法承受善与恶的直接冲撞，只能去睡眠研究所接受情感治疗。而您是杰出的人性测量员，我相信您对此会有所作为。在我们初次见面的时候，我已经说明了这个问题。现在，我想我们的约定可以进入第二个阶段。您已经是测量培训部主事，有足够的力量实践我的目的，或者说我们共同的目的，一个关乎现代主义前景的目的。”

k 先生一直在低着头安静地听。等到城堡主事说完后，他抬起了头，看着城堡主事，用尊敬与遗憾的双重眼神：

“请原谅我的决定，作为测量培训部主事，这是我们的第一次见面。您觉得这是我们共同目的的开始，但对于我，这是一个结束。经过反复思考，我决定离开城堡。作为人性测量员，我只能为城堡做这么多。我的情感与理性是有限度的，我可以忍受情感与理性的分裂，也可以在纯粹理性的荒凉中活着，但我不能忍受理性的变形、理性的表演、理性的阴谋。我曾为此失去了睡眠，失去了作为人性测量员的基本认知，活得像一个虚无的谜。”

城堡主事看着 k 先生，十分意外。他手里刚刚拿起罗伯特·欧文的《文集》，希望与 k 先生讨论如何避免欧文在实践新和谐公社时的错误。一时间，他不知道说什么，他的思路全乱了。k先生理解城堡主事的吃惊，就像城堡主事理解自己面对城堡的秘密时一样吃惊。为了让城堡主事明白这一切，k先生再次说明了自己的观点：

“我十分感谢您对我的信任，这是我在城堡里得到的最珍贵的东西。离开之前，我应该向您说明几个问题。这些问题完全是我的判断，所以不一定对。人性可以限制，然而即使受到方方面面的限制，结果却未必是好的，因为人性会变形。您为城堡制定了复杂的制度，规范人的语言、行为，甚至要规范人的心理，但您是否实现了自己的目的？我遇到了一个信仰制度的人，也看到他如何用变形的方式骑着制度。他觉得自己才是城堡的信徒，但城堡的信徒不应该用变形的方式实践制度，而是用创造的方式实践制度，然后为城堡创造福祉。您希望将情感和理性分离，将城堡变成纯粹理性之城，而非人性之城。我不否认您的初衷，但您要知道，这会让城堡里的人失去正常的感觉。他们还活着，知道自己的心在跳，耳朵在听，眼睛在看，却不再是完整的人。他们可能无法延续人性的恶念，不再像城堡之外的人那样，却可能走向另一个极端。在这个问题上，您低估了情感的力量。您以为理性能够压制情感，但我觉得情感在城堡里并未消失。您可能还误解了情感的力量。情感有变幻莫测的表演能力，可以静止，可以隐身，变成虚无，也可以是伟大的、高尚的、纯洁的。如果低估情感，您就会高估理性，如果蔑视情感，您也就放弃了复杂，然后陷入不真实的单纯之中，并会做出错误的判断。您解散过测量培训部，我觉得这个决定是有道理的。之后，您又恢复了它的存在，我觉得也不是错的，但它不能成为城堡的根基所在。您信任数字阶层，并赋予了测量培训部定义城堡的力量，但数字阶层没有这种力量，或者说没有珍惜这种力量。他们熟悉数字原理，但这是一种虚拟的能力，有时候让人忽视具体与真实。他们在纸上写下几个数字，1、3或9，在后面加一个0，两个0或一百个0，无论这个数字变成什么，他们都不知道这个数字的意义。相反，我觉得技术阶层才是城堡的根基所在。他们知道身体的每个动作，也知道这些动作的结果。他们经常用数字，但从来不会任意摆弄数字，因为他们知道每个数字都有确定的内涵。这是一种具体与真实的感觉，时刻影响着他们的判断。在他们的眼里，付出与回报的关系是清晰的，所以不会夸大自己的付出，也不会轻视自己的成就。他们默默无闻，支撑着城堡的存在。数字阶层可不是这样，他们掌握了定义的权力，但由于脱离了具体与真实，容易陷入虚拟的想象。您对于技术的理解可能比我要深刻很多，但也有误解。在上次的谈话中，您担心技术会驱赶人，会彻底改变人性，甚至会让很多人变成无用的生命。但客观而言，什么东西能区别古代社会与现代社会呢？我觉得是技术，尤其是能够提供动力的技术。我不留恋古代社会，因为在那个时代，人类不能免除饥饿。吃饱才是自由的前提，这是我认可现代社会的原因。尽管您对技术有一些误解，但我想您对技术还是认可的，所以在城堡里筹建了完整的技术体系，尤其是体力技术体系。”

说到这里，k先生站起身，向前走了两步，然后伸出手臂。城堡主事有些慌乱，也赶紧站起来，接受k先生的拥抱。这种感觉很奇妙，无论对于城堡主事还是对于k先生。他们在城堡里，有时候像木头或石头一样活着，而在这个时刻，他们像人一样拥抱在一起，感受着对方身体的柔软与温暖。之后，城堡主事又伸出手，与 k 先生的手紧紧握在一起：

“您要离开城堡，这是您的决定，我无法阻拦，也不会挽留，不是因为我不希望您继续在这里工作，而是因为我觉得您有其他目的。离开之前，您可以选择城堡里的任何东西，只要拿得动，什么都可以，作为这次经历的纪念。”

k 先生想了一会儿，想起那只陪伴他走出深度下沉的狗，并向城堡主事说明了那只狗对于自己的意义，诸如帮助他复活了温暖的情感，摆脱了纯粹的理性，从人性的深渊里浮起来，等等。城堡主事丝毫没有犹豫，走到木桌子旁边，提起鹅毛笔，为他写了一张证明：

睡眠研究所：

测量培训部主事 k 先生要离开城堡，他的愿望是带走那只曾经帮助过他的狗，请予以接待，并将狗送给他。

城堡主事 A

两个助手提前去睡眠研究所，准备相关事宜。当 k 先生到达时，他看到了曾经照顾自己的两个工作人员。他们站在门前，对着他微笑，还是那么安静，那么温暖。他们手里牵着那只狗，它还认识他，所以不停地摇尾巴。等 k 先生走近，它跑过来，扑在他身上。

日暮将至，k 先生与两个工作人员告别，又与自己的助手告别。从此之后，他们不再是任何人的助手，他们将在城堡里自由地寻找位置，可以去印刷厂、织布厂，也可以去测量培训部，总之只要他们觉得能施展自己的技艺，就可以去那里应聘。当然，他们也可以离开城堡，回到故乡，尽管他们的故乡已经被资本主义彻底改变，但至少还有小时候的记忆。

k 先生牵着狗，一路前行，经过城堡塔楼，经过测量培训部，经过织布厂，经过印刷厂……走出城堡时，天色已黑，但他能看清前面的小村子，因为那里很多人还没有睡，点着蜡烛或油灯，酒店房间里的灯光最亮，那是他的方向。城堡、小村子，还有布拉格的旧城区在一条直线上，只要确定两个点，他就不会迷路。

k 先生走进了小村子，经过农夫的房子。佩涅罗佩已经回到城堡，所以那个窗户是空的。他又经过酒店，酒店老板克拉姆坐在门前的躺椅上抽烟，他仿佛认出了 k 先生，但在夜色中又不能确定，所以将他当作来自异乡的陌生人，然后在疑惑中狠狠地抽了一口烟，又在烟雾缭绕中看着这个人一路向前。k 先生听到酒店里人声喧闹，但与他曾经在这里瞎混的时候有些不同。小村子里有让他留恋的，也有让他厌恶的，但在这个时候，他仅仅是一个过客，没有什么可以牵绊他。

在夜色中，k 先生沿着城堡、小村子、布拉格旧城区的直线一路前行，经过农田，经过树林，经过浅沟，经过深沟。上陡坡时，青绿的荆棘扎伤了他的腿，他感到了疼，但他喜欢这种感觉，因为这是存在的感觉。他不知道距离布拉格还有多远，但他知道自己十分劳累，于是坐在一片麦子地里休息。那只狗趴在他身边，累得吐着舌头，任由他抚摸。休息了一会之后，他又站起来，继续前行。迎面而来的风那么清凉，让他瞬间忘记了疲惫，然后一点点回归人性的世界。

这段经历彻底改变了 k 先生，就像城堡主事之前说的一样。他在一个具体的世界里行走，又像在一个魔幻的世界里行走。他看到眼前的一切都是具体的，又是魔幻的。一切都是优雅的，像神话里的仙女一样优雅，转眼又会变成浅薄。他不喜欢浅薄，但很快意识到浅薄是因为被迫而变得浅薄。他知道被迫是悲剧的起源，有些人却希望生活在被迫里，被迫吃饭，被迫睡觉，被迫起床，被迫思考，他们喜欢这样的生活，所以将被迫看作是崇高。他并不这样认为，他觉得崇高有时候太虚幻了，像个梦一样，只有具体能让他心境平和，但具体又是什么？他不知道，因为具体的东西也会变形，就像远古时代的魔法一样让人迷惑。然而，他愿意接受迷惑，并以之为确定无疑的真相。在人类历史上，没有人不曾迷惑，有的人在迷惑中变成了虚无，有的人在迷惑中编织谎言，有的人在迷惑中变得深刻、坚韧……

k 先生就这样走着，在具体与魔幻的夹缝走着，在光明与黑暗的夹缝里走着，在理性与情感的夹缝里走着。他觉得再一次陷入了混沌，但与城堡里的混沌截然不同，因为他能清晰地感到这种混沌里没有任何压迫感，而是像一束光引导着他，就像睡眠研究所里的情感一样温暖他的理性之心。在这个时刻，他好像理解了自己，接纳了自己，哪怕他是一个多余的人，无论是在城堡里，还是在布拉格的科层制度里。他喜欢这个多余的人，看着他在荒凉中越走越近，又越走越远。当他与这个多余的人迎面而过的时候，他想为他写一本书，而且想好了题目：《多余者的哲学》。

可能是第二天的黎明时分，也可能是第三天的黎明时分，k先生看到了布拉格的轮廓，圣维塔大教堂最清晰。在它的引导下，他穿过了城郊的荒凉地带，回到布拉格旧城区的黄金巷。街角的很多空间仍旧那么神秘，透过敞开的门看到的院子还是那么脏乱。一夜狂欢后，酒吧里已经没有人，但门前乱七八糟的酒瓶子足以说明昨夜的盛况。

十

结局

从此之后，k 先生再也没有离开布拉格。他经常坐在黄金巷中间的拐角处，看着来来往往的人，听着断断续续的话。那只狗喜欢趴在他身边，安安静静。他有时候看看它，摸摸它。城堡里的时光变得越来越模糊，有时候他还会想起一些情节，却没有任何强化那些记忆的愿望。他在任由它们消失。

直到有一天的傍晚，k 先生坐在拐角处时，看到了一个人，从视线最远的地方走来，越来越清晰。k 先生一眼就认出了他，因为他们面对面说过话，还在陌生的地方获得了他最坚定的信任。在这个时刻，城堡的记忆像一个飞向天空的烟花，瞬间爆裂，巨大的声音瞬间占据了他的耳朵，绚丽的颜色瞬间占据了他的眼睛。在幻觉中，他仿佛摸到了测量培训部工作室的门，他的手在扭动钥匙。他再次感受到自己在深奥的人性里下沉，缓慢地下沉……城堡里的一切都复活了，将他包围，将他覆盖。

“k 先生，我是从城堡里来的，经过布拉格，是想与您见一面，也是跟您告别。就像上次在城堡里一样，作为测量培训部的新任主事，您去找我，仅仅是为了跟我告别一样。如果我们以后不能再见，那么这次就是我们的永别。”

k 先生看着他走到自己面前，的确是城堡主事。两年不见，除了眼睛之外，他变老了很多，他的手、他的脸、他的头发都变老了，尽管他的身体依然强健。k 先生邀请他来到自己的住处，请他吃烤土豆。他们坐在铁炉子两边，炉火熊熊，照亮了他们的脸。k 先生将带泥的土豆塞进炉子，盖上炉盖，再次看着这个老人。在这一刻，他觉得他还是那么慈祥，那么温暖。

“k 先生，我有一个好消息告诉您，我觉得我的城堡事业成功了。即使现在还不明朗，即使其他人觉得我的事业已经失败，即使有人也像我一样离开了城堡，但我仍然觉得是成功的。19 世纪是个糟糕的时代，殖民主义在这个世界上到处开花，但几乎都是恶的花。我以前总觉得 20 世纪应该是一个美好的时代，至少比 19 世纪要好。这个世纪已经开始，看起来却与 19 世纪一样。我建造了城堡，塔楼上有一个高耸入云的尖，上面还有一盏灯，每天晚上都会亮起来，目的是刺破这个糟糕的结果。所以，我觉得只要我有这个愿望，即使城堡最后坍塌了，我也觉得是成功的。资本主义已经出现了三四百年，殖民主义与种族主义之恶也积累了三四百年，单凭我一己之力，如何能改变呢？八国联军入侵中国的消息到处飞，9.8 亿两白银赔款，我们的一些人竟然觉得痛快，我怎么能改变呢？客观而言，我的城堡也是建在资本主义的原罪之上，如果考虑到现代主义中一些古老的因素，我怎么能成功呢？但只要有忏悔之心，我想我的努力就是值得尊敬的。至于其他的事，我不想多说，我只想说这么多。”

k 先生当然想知道很多，却什么也没有问。他打开炉盖，翻了翻土豆，又盖上炉盖，烟火出来了一些，瞬间又被隔断。城堡主事欲言又止，最终他决定再说几句：

“不过，我想告诉您一件事，您一定非常想知道。实际上，这是您没有完成的事。请原谅我这么说，也就是测量培训部的事。您离开之后，我去测量培训部参加了一次会议，就像城堡其他地方的会议一样，他们汇报了培训制度的实践情况，十分详细，也十分准确。在那个时刻，我好像进入了一个制度的幻境，我觉得测量培训部一定有能力负担起城堡的前途。但转而一想，他们的主事刚刚辞职，上一任主事也是因为类似的情况辞职。两任主事中间，我解散了测量培训部，而他们看起来好像什么都没有发生，没有一点愧疚，没有一点难过。这让我觉得测量培训部与城堡的其他地方不一样。后来，我邀请了土地测量班的人来到塔楼，逐一与他们谈话，每个人的回答几乎一样，对于您的情况只有几句话，‘我见过他一面或两面’，‘我对他怀着希望’，‘他刚上任就离开了’。从头到尾，我只听到了这几句话，反反复复。然后，我又提到您在土地测量班的经历，他们都是沉默应对。我告诉他们我会为他们的回答保守秘密，所以为了城堡的前途，他们有责任回答我的问题，但他们还是沉默应对。等他们离开后，我差不多已经了解测量培训部的情况。城堡委员会本想在测量培训部实践分科教育，以分科穷尽精微，以精微通向广博，以广博理解深刻，但我不得不承认，测量培训部没有能力承担这个目的。我承认那里的每个人都是善良的、理性的，但几乎没有人关心对错，他们关心的只有目的，目的就是正义。当他们将目的当成了正义，也就不再关心什么是真正的正义，所以您在测量培训部的经历与正义无关，因为测量培训部只有目的。那又是什么样的目的？我并不知道，测量培训部的很多人也不知道，至少他们没有告诉我。但无论如何，我不再相信他们，我更加相信城堡里的技术阶层。因为他们与我一样对于这个世界并不满意，竭尽全力消除剥削、压迫、挤压等。另外，他们的目的与具体的实践有关，准确、清晰，既不会过于庞大，也不会过于虚拟。很快，他们向城堡委员会提交了一份总体规划，在以前的制度中增加了机器的因素，重新理解机器、制度与人性的关系。我觉得这是对的，机器不能说话，不能思考，却越来越多地支配着我们的生活。城堡委员会决定由技术阶层管理城堡，减少向测量培训部拨款，也不再给他们印刷各类表格。我认同这个决定，并提出了一个要求，希望技术阶层在城堡里逐步加入温暖的情感。土地测量班的人知道这个信息后，觉得前途已尽，很多人都走了，也就是在投票时否定您是透明的四个人。他们明明知道是城堡委员会将他们驱逐了，却说是自愿离开的，而且还说在受到驱逐之前，他们已经做好了离开的打算，总之坚决不承认受到了驱逐。在一个阴云密布的傍晚，他们离开城堡，去了新大陆，最终在一个叫沃尔-斯垂特的地方停下来。那是一条街道的名字，他们在街边开了一个金融测量事务所，专门为人提供金融数据。沃尔-斯垂特是一个纯粹目的主义的世界，他们在那里如鱼得水，不但能满足别人的目的，也能源源不断地创造出很多让人惊奇的目的。后来，他们向城堡写信，希望招纳更多的目的主义者，但几乎没有人响应。来到沃尔-斯垂特之后，据说他们吸纳了您对于人性测量的研究成果，也就是您在土地测量班讲授的内容。对此，我感叹万分，这真是一群败坏现实主义的人。实际上，来城堡之前，他们才华横溢，有崇高的理想，但理想终究是理想，他们愿意为此想一想，仅此而已，新大陆才是他们的应许之地。我承认您在测量培训部的经历源于我的错误判断。实际上，在城堡建立之初，测量培训部并不存在。您知道我的数字能力很弱，所以羡慕那些数字能力强大的人，尤其是那些懂得测量的人，觉得他们可以理解世界、预测世界，所以筹建测量培训部，聘用了很多人，并对他们充满信任，相信他们能实现我的理想，但我的判断错了。尽管如此，我依然相信数字的力量，相信测量的力量，但不再相信土地测量班的那几个人，尤其是土地测量班主事。他们终日沉浸在数字中，被目的主义支配、控制，但他们又不是彻底的目的主义者，因为他们在城堡的目的中加入了其他目的，所以会颠覆城堡。”

说到这里，城堡主事低下头，从上衣口袋里取出一个有点破旧的棉布包，从里面拿出一小片纸，将棉布包里的碎烟叶倒在纸上，然后卷起来，又从炉火堆里取出一根燃烧的木柴，将烟点燃，整个动作行云流水。他的嘴里首先吐出了像云雾一样的烟，然后是大彻大悟的话：

“最初，我对于那几个人的出走是有些遗憾的，不过我很快发现了一个让我吃惊的现象。他们离开后不久，测量培训部彻底变了，一切都是透明的，井井有条，人性与制度之间不再反复无常、不可捉摸，现实主义与理性主义也不再缠斗不休。虽然没有充足的支持，测量培训部却运行良好，不断为城堡委员会提供有价值的数据，帮助技术阶层制定决策。很快，他们共同拟定了一个改革方案，重新定义城堡草地的功能。他们将这些草地变成了农田，与之前的农田一起划分，每个人得到了五亩左右，主要种植粮食，包括土豆、玉米、小麦、红薯，以及一些城堡需要的植物，例如棉花、靛蓝、苏木、何首乌等。我理解他们的意思，因为我也一直有这个愿望，但在人性与制度的谜题面前，我没有来得及实践。农业是现代人的修行，一个人在成为现代主义的信徒之前，首先要成为农业的信徒。可是，您看我们现在的世界，这个被资本主义、殖民主义、种族主义改变的世界，农业完全被忽视了，甚至被损害，既包括身份意义的损害，也包括道德意义的损害，好像一个人只要与农业有关，就会失去很多东西，就会低人一等。这是城堡规划时的一个错误，而且我必须承认这是我的错误。一个人吃着成熟的果子，哪怕他对这个果子赞不绝口，却不知道这个果子是从哪里来的，那么他是无知的、浅薄的，看起来像人类文明的赘生物，可有可无。如果这个果子是他自己种的，自己育苗、浇水、除草、修枝，看着这个果子从无到有，从小到大，等到果子熟透了，他踮着脚摘下来，吃到嘴里的时候，他会感受到自然秩序与现代主义的关系，也才是有尊严的生命。完美的现代主义不是工厂造出来的，不是数字阶层想象出来的，更不应该是资本主义、殖民主义、种族主义的拙劣作品。现代主义需要农业，就像需要信仰一样。对于城堡而言，农业已经不再是生存意义的问题，也不再是目的主义的要求，而是一种存在的感觉，城堡从纯粹的理性层次进入了更高的审美层次。对于这个改变，我应该感谢技术阶层。如果您再次回到城堡，会发现城堡已经变成了一个耕作与生产的世界，巨大的工厂旁边是生长茂盛的玉米地，塔楼周边也不再是整齐的草地，而是绿油油的麦田。”

突然间，城堡主事的身体猛地一颤，卷烟即将烧尽，右手食指和中指已经被烟头灼伤。他将烟头扔进炉子里，然后继续说下去：

“总之，我最终认可了佩涅罗佩的判断：当城堡里的所有人都在遵守制度的时候，如果一个人用隐秘的方式违背了制度，后果是不可预测的，城堡会有解体的风险，但如果找到了这个人，驱逐他，城堡会很快稳定下来，正义就会复活。对于城堡早期的混乱情况，所有人看似都有责任，实际上并非如此。他们没有责任，也没有失去正义感。他们沉默不语，可能是在思考如何解决这个问题，是用宽容的方式，还是用对抗的方式。认识到这个问题之后，我认为当初解散测量培训部是不对的，我错怪了很多人，却忽视了那个麻烦制造者。尽管如此，城堡里的人在一个问题上是错的，他们并未理解正义。正义像一个新生的婴儿，那么可爱，那么纯真，我们可以欺骗它，也可以让它窒息，然后将它埋葬。只有虔诚的人才能看到它的力量，只有坚定的人才能保护它，而不是一味等待它的审判。相反，恶却像低等动物，生下来就会飞奔、蹦跳，到处作乱。城堡里的很多人没有认识到这个问题，他们轻信了一些雄辩者的说辞，将正义当成无所不能的上帝，等待着它降临。正义是个新生的婴儿，怎么会在危难的时刻降临呢？”

k 先生一边看着炉火，一边安静地听着。对于城堡主事的话，他并不吃惊，就像以前他汇报城堡的秘密时，城堡主事一点也不吃惊一样。炉子里的土豆传出了浓郁的香味，他们各自取了一个，掰开，看着金黄色、亮晶晶的瓤，大口吃起来。

“这本来是美洲的食物，被殖民主义带到各地，您是用它讽刺我的青年时代，讽刺资本主义的征服史吗？但无论如何，我要谢谢您用大地的食物招待我。前些天，我已经将城堡管理权交给了技术阶层，然后离开城堡。从此之后，我不再是城堡主事，那个跟随我的大写字母A也就自由了，想去哪里就去哪里。有时候，我觉得自己是幸运的，利用资本主义所创造的机会发财致富。有时候，我又觉得自己是不幸的，一生漂泊，在梦里也漂泊。我有情感，而且有热烈的情感，但我的情感好像没有手，也没有脚，所以抓不到女人。即使她们向我示好，我也不知道怎么办。您离开城堡之后，我终于了解了自己，就像了解一个婴儿一样了解了自己。我抱着这个婴儿，从此开始流浪，没有条件地流浪，没有目的地流浪。”

城堡主事低下头，吃着热乎乎的土豆，大口地咀嚼。k先生又从炉子里拿出一个烤熟的土豆，放在他面前：

“自从我在睡眠研究所里恢复了正常意识之后，我觉得已经能完全理解您，甚至比理解自己还要更早地理解您。我是在离开城堡的路上才理解自己的，在现代主义中，我是一个多余的人。但我珍惜这个身份，也感谢城堡的经历，以及那个为我制造重重困难的人。从此之后，我有了不一样的眼睛，不一样的耳朵，不一样的心灵。以前，我总以为个体困境源于制度，而在城堡里，我看到了制度背后的人。他为城堡里的很多人制造了困境，让他们觉得无论如何都是多余的，又让这种困境看起来好像是制度的问题，或现代主义的问题。所以，在那个时刻，我不知道自己为什么会成为多余的人，是我自己让我变成了多余的人，还是现代主义让我变成了多余的人？实际上，我一直在这个困境中，在持续的写作中越陷越深。而离开城堡后，我不再关心这些问题，只想找个安静的地方，一个到处都是陌生人的地方，不需要说话，不需要注视，不需要倾听，然后自由自在地活着。我不知道这个多余者最后的命运是什么，但我知道这是一部个人的史诗，或是一部现代主义的史诗。不怕您笑话，现在我是一个更加优秀的人性测量员。我坐在那个拐角里，看着来来往往的人，看着他们的眼睛、他们的表情，看着他们走路的样子，我就知道他们的情感与理性属于什么类型，也知道他们在现代主义中会怎样变化。一天傍晚，卡夫卡从我眼前经过，低着头，走得很快，我一眼就认出了他。我看到了他的眼睛、嘴巴、鼻子，还有几乎不变的表情，我就知道他在想什么，冷漠的父爱、遥远的母爱、让他着迷又恐惧的男女关系，以及对于科层制度的厌恶。他是现代主义的感受器，一个可能会崩溃的感受器。但我失去了写作能力，至少这几年不想再写。但是看到卡夫卡的样子，我又想为他写本书，《温暖的情感》，这个题目我觉得很好。但什么是温暖的情感？在城堡里的时候，我曾经向您表达过感谢，感谢您对我的信任，我觉得信任是温暖的情感。我获得了您的信任，却没有滥用您的信任，更没有将它变成牌子，挂在胸前，这是温暖的情感。您喜欢一些东西，厌恶一些东西，您将自己喜欢的送给我，而不会将自己厌恶的送给我，这是温暖的情感。您一定遇到过很多年轻人，他们在迷惑中寻找真理，有时候摇摇晃晃，有时候麻烦缠身，您不知道怎么帮助他们，却从不讥笑他们，只是安静地期待着，希望他们越来越好，这也是温暖的情感……这个时代的很多哲学家喜欢讨论一些看似很深奥的问题，例如正义、自由、道德、理性，但他们忽视了最平常、最重要的情感，所以他们的雄辩越来越抽象，也越来越无趣。在卡夫卡的生活中，温暖的情感几乎已经消失，他的每个眼神、每个举动看起来都是僵硬的，他的语言也是，尽管越来越深奥，却不是温暖的。两百多年以来，资本主义在蔓延，分工制度和科层制度也在蔓延，这是他无法拒绝的。如果他不能在这个时代发现来自远古的温暖，我觉得他难以活下去。谁能在冰冷的时间和冰冷的空间里活下去？即使我有强烈的写作愿望，却始终没有动笔。不瞒您笑话，我本来还想写另一本书，《多余者的哲学》。离开城堡的路上，这部作品在我的心里盘旋，有时候像一只黑色的鸟，有时候像一只白色的鸟，有时候像一只彩色的鸟。我好几次跳起来，要抓住它，都没有成功。您可知道，洞悉人性秘密的人往往不会再去改变人性，但我们可以观赏，就像观赏一个深奥的东西一样观赏。在人类历史上，有些人最初会进入悲剧舞台，自始至终都是这个悲剧里的角色；有些人最初会进入喜剧舞台，作为优雅或肤浅的喜剧角色；有些人会从悲剧舞台来到喜剧舞台，像胜利者一样，可以欢呼，可以沉默；有些人会从喜剧舞台来到悲剧舞台，他没有欢呼的理由，却有观看的资格，然而他知道自己只有观看的资格。所以，我最近什么也没写，但并没有无所事事，我日夜陪伴着我的理性与情感，它们像新生的婴儿，在我的心里一天天长大。有时候，理性饿了，它会嚎啕大哭，有时候情感累了，一整天呼呼大睡。我要十分耐心地陪伴着它们，告诉它们这个世界的样子，告诉它们如何活着，无论置身事内还是置身事外，它们都要相互扶持，不要打架，也不要貌合神离。我要告诉它们如何与其他的理性与情感相处，什么时候相互尊重，什么时候独自行走，什么时候坚韧以对，尤其是面对制度困境时，我要告诉它们不要随意责怪制度，要看清制度背后的人，尤其是那些骑着制度的人，这些人让现代主义走向迷茫、焦虑与不确定。我还要告诉它们这个世界从表面上看是新的，里面却是古老的，古老的眼睛、古老的耳朵、古老的嘴巴，如果没有深奥的阅历，就不能评判，既不能刻薄地评判，也不能故作深沉地评判……总之，事无巨细，都要对它们说清楚，我觉得十分累。但我又觉得不能推脱，不然它们那么幼小，在现代主义的洪流里会失去方向。”

第二天黎明，k 先生送城堡主事上路，特意称他为“主事大人”。城堡主事一点没有感到难为情：

“在不久的将来，那个城堡可能会无限繁荣，也可能会消失，永久地消失，就像从来没有过一样。无论如何，听到您这样称呼我，我还是感到高兴。临别前，我再次向您说明作为‘主事大人’的一点体会。年轻时，我经常有一个幻觉，尤其是在现代主义的早期混乱中，这个幻觉在我眼前出现，就像是真的。我看到了一棵高大的树，每根树枝都是掠夺性的，掠夺风、掠夺雨，掠夺经过的一切。这棵树上长出了一根博爱的枝子，要不它将掠夺的枝子变成博爱的枝子，要不它被掠夺的枝子缠绕，慢慢干枯。至于这棵树为什么是这样的，我不知道，我想您这个人性测量员也不一定知道。当然，这只是我的幻觉，不是真的。现实中没有这样的树，即使有，每根树枝也不是掠夺性的。我年纪大了，有时候语言能力是混乱的，所以经常胡说八道。”

此后，城堡主事与 k 先生拥抱，再次感受着对方身体的柔软与温暖。城堡主事突然打断了分别的仪式：

“我差点忘记告诉你一件事，否则就太遗憾了。佩涅罗佩，您还记得她吗？她得知您离开了城堡，有些难过。她说如果有机会，一定会邀请您回去。她在边界之地工作，实际上也是具体之恶的捕手，夜以继日地寻找那些滥用理性的人，包括那些将冷漠当作纯粹理性，并用这样的理性伤害他人的人，然后将他们驱赶。她相信城堡是理性之城，而不是冷漠之城。有时候，我觉得她不是现代人，而是古代人，沉静、端庄，看起来不急不慢，聪慧、自由，又总是那么克制。我的确收养了她，让她进入城堡，从此以后不再流浪。但我也感谢她为我想了很多办法，有些我采纳了，有些没采纳，因为我觉得不对，但最终我发现她才是对的。很早的时候，她就告诉我城堡对外有异常的魔力，让小村子的人失去了情感，失去了理性，甚至失去了记忆。这一点我并不否认，克拉姆正是因为这种魔力而无法进入城堡。但她认为这种魔力并非源于城堡里的正义，而是因为城堡里的制度受到了颠覆。那时候，我还没有觉察到变形人的问题，所以不同意她的说法。前天，我从城堡里出来，经过小村子的时候，我发现她说得对。自从那几个变形人离开城堡后，小村子的人基本恢复了正常，作为纯粹理性的信徒，安静地生活。我不得不承认，变形人很少，但力量很大，足以毁掉城堡的声誉，将之变成一个深奥莫测的谜。”

说完后，城堡主事摸了摸嘴，挥手而去。此后，k 先生不定期地收到他从远方寄来的素描画，英国东印度公司旧址的一个破房子、大西洋圣赫勒拿岛上拿破仑的墓地、北京圆明园残破的大水法、一个澳大利亚土著人在推车时的纯真笑脸……这个笑容太让人震撼了，因为一个殖民主义者正在用力拉着拴在他脖子上的绳子。k先生当然知道他的意图，也就是在资本主义的世界图景中增加一些失败的结果，或一些来自受压迫者的启示。否则，现代主义就是片面的，残酷的，有悖于普世正义的。

日复一日，城堡主事变成了一个传说。对于其他人，他是一个遥远的传说；但对于k先生，他是一个近在咫尺的传说。每当想起这个传说，k先生就会想起那座离布拉格不远的城堡，人性在那里汇集，制度在那里汇集，人类的过去、现在和未来也在那里汇集，所以k先生愿意称之为“历史之城”。

图书在版编目(CIP)数据

历史之城/徐前进著.—上海:上海三联书店,
2024.6
ISBN 978-7-5426-8520-9

Ⅰ.①历… Ⅱ.①徐… Ⅲ.①幻想小说-中国-当代
Ⅳ.①I247.5

中国国家版本馆 CIP 数据核字(2024)第 098846 号

历史之城

著　　者/徐前进

责任编辑/殷亚平
装帧设计/徐　徐
监　　制/姚　军
责任校对/王凌霄

出版发行/上海三联书店
(200041)中国上海市静安区威海路 755 号 30 楼
邮　　箱/sdxsanlian@sina.com
联系电话/编辑部:021-22895517
发行部:021-22895559
印　　刷/上海惠敦印务科技有限公司

版　　次/2024 年 6 月第 1 版
印　　次/2024 年 6 月第 1 次印刷
开　　本/889mm×1194mm　1/32
字　　数/140 千字
印　　张/6.25
书　　号/ISBN 978-7-5426-8520-9/I·1882
定　　价/58.00 元

敬启读者,如发现本书有印装质量问题,请与印刷厂联系 021-63779028